El error de la luna

Héctor Aguilar Camín

El error de la luna

Alfaguara HISPÁNICA

EL ERROR DE LA LUNA
© 1995, Héctor Aguilar Camín

De esta edición:
© 1995, Aguilar, Altea, Taurus, Alfaguara, S.A. de C.V.
Av. Universidad 767, Col. del Valle
México, 03100, D.F. Teléfono 688 8966

- Ediciones Santillana S.A.
  Carrera 13 N° 63-39, Piso 12. Bogotá.
- Santillana S.A.
  Juan Bravo 38. 28006, Madrid.
- Santillana S.A., Avda San Felipe 731. Lima.
- Editorial Santillana S.A.
  4ª, entre 5ª y 6ª, transversal. Caracas 106. Caracas.
- Editorial Santillana Inc.
  P.O. Box 5462 Hato Rey, Puerto Rico, 00919.
- Santillana Publishing Company Inc.
  901 W. Walnut St., Compton, Ca. 90220-5109. USA.
- Ediciones Santillana S.A.(ROU)
  Boulevar España 2418, Bajo. Montevideo.
- Aguilar, Altea, Taurus, Alfaguara, S.A.
  Beazley 3860, 1437. Buenos Aires.
- Aguilar Chilena de Ediciones Ltda.
  Pedro de Valdivia 942. Santiago.
- Santillana de Costa Rica, S.A.
  Av. 10 (entre calles 35 y 37)
  Los Yoses, San José, C.R.

Primera edición: mayo de 1995
Primera reimpresión: julio de 1995
Segunda reimpresión: agosto de 1995
Tercera reimpresión: septiembre de 1995
Cuarta reimpresión: enero de 1996
ISBN: 968-19-0261-0

Diseño:
Proyecto de Enric Satué
© Cubierta: Lourdes Almeida
Impreso en México

Todos los derechos reservados. Esta publicación no puede ser reproducida, ni en todo ni en parte, ni registrada en o transmitida por un sistema de recuperación de información, en ninguna forma ni por ningún medio, sea mecánico, fotoquímico, electrónico, magnético, electroóptico, por fotocopia o cualquier otro, sin el permiso previo, por escrito, de la editorial.

Para Catalina

> *Es el error de la luna*
> *se acerca a la tierra más de lo deseado*
> *y vuelve a los hombres locos*

Shakespeare: **Otelo**

I

Se lo habían dicho mil veces, como al pasar, como quien habla de la suerte escrita en las estrellas, pero no acabó de entender que era posible sino cuando aceptó que el retrato de Mariana se le había vuelto una obsesión y que latía bajo esa influencia como su propio cuerpo adolescente, desde que empezó a sangrar, bajo el imperio regular y misterioso de la luna.

—Deja a tu tía muerta en paz —le había dicho quinientas veces su abuela plateada, hermosa como la más entre las cuatro hermosas mujeres que había parido. —No son cosas para tus años, porque ni siquiera lo son para los míos.

Las otras quinientas veces las había escuchado en el silencio de su abuelo, que no sabía sino poner los ojos color olivo en el hueco que su hija Mariana le había cavado en la memoria. Mariana la querida, la borrada, la escondida. La habían borrado juntos, él y su mujer, como quien borra un signo que no entiende. Y sin embargo, habían puesto su retrato en el centro del comedor que nadie usaba, donde nadie vivía ni aspiraba a vivir, salvo Mariana misma, rehusando altivamente los empeños familiares en su olvido.

El óleo del comedor recordaba a Mariana Gonzalbo en el inicio de su impune juventud. La libertad altiva de sus años se extendía como un halo sardónico por su frente y por el arco inquisitivo de las cejas, resplandecía en la burla de los ojos y en el puente seguro de la nariz, dispuesto, como los pómulos de gato y el mentón redondo, a no negociar siquiera una sonrisa con la fealdad convencional del mundo.

En el aura de enigma y desafío que impregnaba el retrato había quedado envuelta Leonor, la más pequeña rama de los Gonzalbo, desde que su abuela la llevó frente a la efigie y le dijo, un día que cumplió años:

—Tú eres ya una mujer, aunque sigas siendo una niña. Y empezarás a arreglarte y a peinarte como una mujer, es decir, todos los días, varias veces al día. Arreglarse es el destino estúpido y delicioso de las mujeres. Mejora la juventud y disfraza la vejez, aunque te quita la tercera parte del tiempo útil de tu vida. ¿Entiendes eso? Quizá no lo entiendas. Pero da igual. Lo que quiero es pedirte una cosa.

—La que tú me digas, abuela —aceptó Leonor.

—No te peines nunca como ella —dijo su abuela, señalando a Mariana en el retrato. —Y voy a explicarte por qué.

Le soltó entonces la trenza a su nieta y con un cepillo barrió su cabellera hacia atrás y hacia los lados; la dobló por la cintura y la peinó de la nuca hacia abajo y de la frente a la nuca, hasta que obtuvo de la mata de pelo una onda leonada y magnánima, similar a la que Mariana llevaba derramada sobre los hombros en el óleo. Paró entonces a Leonor frente al retrato y puso entre sus manos un espejo de bordes de nácar y mango de porcelana, para que se mirara.

—Por esto —le dijo.

Bajo el pelo electrizado por el cepillo de su abuela, Leonor vio en el espejo un rostro nuevo, a la vez suyo y de otra. Tras sus borrosas facciones adolescentes, tan burdas y aborrecidas para ella, vio aparecer las facciones limpias, inteligentes y afiladas de Mariana; tras sus ojos sin malicia ni memoria de amores perdidos, vio asomar los ojos ávidos, dueños de sus propios secretos, que iluminaban el rostro de Mariana; y tras la redondez pazguata, todavía infantil de sus mejillas, creyó ver por un momento el trazo limpio, a la vez juguetón e implacable de los huesos esbeltos de Mariana.

—Porque eres igual a ella —le dijo su abuela. —Y no soportaré verte caminando por la casa como si fueras ella.

No entendió de momento, porque no escuchó. Todos sus sentidos se fundieron en el presentimiento de que Mariana había caminado hacia ella desde el reino del pasado y vivía dentro de ella, en la red gemela de sus glándulas y sus rasgos, esperando el momento propicio para hacerse sentir.

—¿Me entendiste? —insistió su abuela reparando, por una vez, en que su nieta no la había escuchado. Para asegurarse de que la escuchara, repitió: —No soportaría verte caminar por la casa peinada como ella, como si fueras ella.

No exageraba una palabra ni un gesto. En los años que Leonor llevaba de vivir con ellos, su abuela le había pedido sólo unas cuantas cosas, que nunca repitió. A raíz de la muerte de los padres de Leonor, que la tribu Gonzalbo registró como una prueba más de su oscuro destino, Leonor había entrado en la casa de los abuelos sin recibir explicaciones, cariños ni advertencias, como dando por descontado que habría de adaptarse sola al rígido orden doméstico de la vida de los ancianos. Era una vida solitaria, silenciosa y frugal, regida por códigos que ordenaban los días con rituales invariables. Daban inicio muy de mañana, al despertar, y terminaban temprano, en la noche, con el sueño. Al principio, la mudanza sólo había sido para Leonor el encuentro con dos viejos que la asumían sin aspavientos como su nieta huérfana y obligatoria. En boca de su madre, Leonor había escuchado cien historias sobre la distancia de los abuelos ante su prole, su frialdad meditada, dirigida a subrayar que habían engendrado todo aquel dolor en marcha como por azar y podían, por ello, volverle la espalda.

Ése era el reproche de la madre de Leonor, la segunda hija del matrimonio Gonzalbo, quien a su vez le había volteado la espalda a sus padres poco después de la muerte de Mariana, cuando Leonor tenía sólo seis años. Fue un desencuentro cabal. Aunque siguió viviendo en la misma ciudad y frecuentando los mismos lugares, la madre de Leonor no volvió a la casa paterna, no cambió con su madre una sola llamada telefónica, una sola carta, un solo mensaje. Su ruptura filial expulsó a los abuelos de Leonor incluso de la conversación, salvo para las descalificaciones que ejercía contra ellos como quien venga un agravio mayor o responde a una afrenta imperdonable.

Las familias dichosas son todas iguales y las infelices lo son cada una a su manera, dice Tolstoi. ¿Pero cómo son las familias tocadas por el mal fario, parientas cercanas de la desgracia, la enfermedad, el accidente y la muerte? Durante años, los Gonzalbo habían cavilado en su destino, entrando y saliendo por los agujeros de sus vidas como el topo que vuelve a la madriguera inundada o la lengua que busca hasta escoriarse la muela rota. Era imposible recordar el momento del viraje, el hecho que había traído a los Gonzalbo la primera, fatal, aparición de la desgracia.

La abuela de Leonor se empeñaba en fechar el inicio de su propio torbellino en el nacimiento de su primera hija, Natalia, luego de un parto largo, que dejó en ella un cuerpo roto y flojo, estragado por el recuerdo de una perfecta infelicidad, y en su hija primogénita un retraso mental permanente a cuenta de la asfixia que la trajo al mundo por entre la pelvis inhóspita y estrecha de su madre. Las cábalas personales del abuelo Gonzalbo no eran menos secretas. Habían nacido ya sus cuatro hijas cuando él supo por segunda y última vez en su vida lo que era el amor. Lo supo en la cama fresca de una muchacha que se hizo suya a cambio de nada, por el mero accidente feliz de que hubiera existido en el mundo. Por las mismas razones se hizo su mujer segunda, lo reconoció jefe de su alma y de su casa y empezó a cargar en el vientre un hijo suyo, atrayéndolo con el resplandor de esa paternidad deseada como no lo había atraído ninguna de las anteriores. No obstante, justo en el umbral de aquella dicha, jaloneado por incidentes familiares que con el tiempo olvidó, el abuelo Gonzalbo se había detenido para decir no, anteponiendo el peso de sus hijas y su casa grande a los ensalmos libertarios de su nueva paternidad. Su elección había volteado al revés el corazón de su mujer segunda, a la que adoraba como no habría de adorar después y apenas había adorado antes, arrojándola en un viaje de despecho y venganza al consultorio de un médico con quien decidió abortar sólo para poder decirle a Ramón Gonzalbo que el precio de sus amores perdidos era aquella mutilación, simbólica y espantosamente real, de todo lo que habían engendrado y lo que pudieran engendrar.

Las desgracias legendarias de la familia Gonzalbo eran desde luego anteriores a la memoria personal de los abuelos. Pero como un digno eslabón de la cadena ellos mantenían dentro de sí, tapiada a la inspección del otro, la certidumbre de que la equidad inmanente de la suerte había echado sobre ellos una carga a la vez merecida y desproporcionada. En el fondo altivo de su corazón, cargar cada uno su propia culpa secreta, a buen recaudo de la curiosidad, el recelo o la comprensión del otro, les había permitido envejecer juntos, refugiados en su unión, volviendo cada uno contra sí mismo la explicación del mal que los ahogaba, sin ceder al impulso de reprochar en el otro la responsabilidad del infortunio, el origen del pecado por cuya comisión seguían pagando. Creían haber pagado con la muerte accidental de su segunda hija, la madre de Leonor, pero sobre todo con la muerte inexplicada de la última, Mariana, sobre cuya enorme ausencia no habían sabido echar sino un enorme silencio.

El recuento de la adversidad familiar de los Gonzalbo empezaba muy lejos, en la historia de un bisabuelo fallido que en lugar de casar con la mujer del pueblo asturiano que le tocaba, se hizo a la mar y la dejó en manos de uno de los Gonzalbo de la región. Según la memoria de la tribu, aquella mujer había introducido en la familia la mayor parte de los males que se hicieron epidemia después. Nacida ella misma de una madre loca, la bisabuela que no debió ser engendró nueve hijos de los que tres murieron naciendo y otros tres antes de volverse adolescentes, por distintas debilidades congénitas.

Los tres logrados fueron, una, cortesana, cantante de medios alcances en el Madrid de Galdós; jugador y vividor el otro, con una historia de amores, duelos y desmanes que hubieran sonrojado al don Juan de Zorrilla. El tercer Gonzalbo dejó muy joven la casa paterna, en busca de su fortuna en América.

Administró una finca cafetalera en Cuba y desembarcó en Veracruz días antes de que Benito Juárez proclamara la restauración de la República, el año del fusilamiento de Maximiliano de Habsburgo, en 1867. El primer hijo mexicano de aquel Gonzalbo nació diez años después de la llegada de su padre, al iniciarse los gobiernos de Porfirio Díaz, luego del triunfo de la revolución de Tuxtepec, en el año de la discordia de 1876. Para entonces, el Gonzalbo venido de España se había hecho un camino como comerciante de granos en la ciudad de México y tomado como esposa, entre la colonia española de la capital, a una mujer rubia, niña y regordeta que le dio siete hijos varones y una hembra tardía, al final de la cuenta, cuando ya no esperaban aumentarla. Los hermanos Gonzalbo fatigaron el país, crecieron familias e hicieron fortunas como comerciantes en Puebla y Querétaro, como hacendados en Tlaxcala y Zacatecas, el más rico como tequilero en Guadalajara, el más educado como ingeniero de minas en Taxco y uno más como pionero textil en Orizaba.

La hermana tardía no salió de la ciudad de México. Vivió el mundo aparte que su nacimiento le deparó, como hija inesperada de un matrimonio de viejos. Pero hubo en ella algo más exclusivo que sobreprotección y soledad, algo que pareció venir de atrás, de los medallones que conservaban brumosos retratos y daguerrotipos azogados de los ancestros. Apenas pudo andar, asomaron por esa niña la belleza de su abuela —la mujer que no hubiera entrado en la familia si el hombre que le tocaba hubiera permanecido en tierra en vez de hacerse a la mar— y la locura de su bisabuela, que la marcó desde muy niña bajo la forma de una proclividad alternativa a la contemplación y el desvarío. Conforme la adolescencia y sus demonios entraron en ella, la tomó por su cuenta una avidez sensorial, golosa y como insaciable, abierta por igual a la comida que a los hombres, a las telas finas y a los días radiantes, a los caballos briosos y a la algarabía prohibida de la calle, lo mismo que a la fiesta, a la música y una vez más y siempre a los varones que se cruzaban por su camino, le tocaran o no.

El golpe de Estado que derribó a Madero en 1913, sorprendió a la Gonzalbo tardía en el esplendor de sus diecisiete años, tumbada sobre el pajar de las caballerizas, entre los brazos del caballerango. La rebelión militar que definió a los triunfadores de la

Revolución mexicana, en 1920, la encontró lista para los años de excesos que anunciaba el futuro, bella como su abuela y como habrían de ser su hija y sus nietas, dispuesta a vivir el último quinquenio de sus años como habían sugerido los anteriores: tragando a sorbos grandes el caudal de la vida, hasta ahogarse con ellos precisamente a mitad de la década, en los veintinueve años de su edad, unos días después de dar a luz a una hija de padre desconocido, cuyo patronímico, no obstante, quedó asentado en el acta que dio apellido a la huérfana: Filisola.

La cuenta de la familia solía fechar en la muerte de aquella Gonzalbo y el nacimiento de aquella Filisola, el punto cercano de arranque de la desgracia que era la sombra de su genealogía. La hija huérfana de la hija tardía había mejorado el molde de sus ancestras en la serenidad de su belleza Gonzalbo, aquella belleza de niñas que se hacían mujeres en plenitud antes de que la adolescencia las dejara y seguían siéndolo después de que la vejez empezaba a dañar sus hechuras luminosas. Pero no había heredado el fluido de la locura, sino una especie de calma dulce, por cuyas suavidades no parecían cruzar los pájaros de la ansiedad o las fibras del brío, ni las flechas insaciadas del deseo. La criaron sus abuelos y no hubo en ella rastros de la herencia que anunciaban sus facciones: ni extravíos ni ausencias, ni amores locos ni placeres inaplazables. Sólo esa calma llana, metida en el armazón de una voluntad de hierro, que sabía imponerse sin énfasis, rechazar sin ofensas y mantener el ámbito donde reinaba a salvo de toda intromisión y querella, en una armonía soberana que multiplicaba la que fluía de todos los puntos de su rostro.

Creció sensata y fresca, más hermosa que ninguna de las Gonzalbo previas, y que las cuatro Gonzalbo que habría de parir. Gonzalbos parió, no otra cosa, porque la fatalidad que no vino con su carácter llegó con la vida misma: la apacible Filisola no supo hacer topar su corazón sino con otro Gonzalbo, un primo criado en Guadalajara, de donde vino a la capital treintón e irreconocible para sus abuelos, que no lo habían visto en veintiún años, los mismos que la bella Filisola cumplió unos días antes del anuncio de la victoria de los aliados sobre el Eje en la Segunda Guerra Mundial, y el reinicio de la historia entre los escombros del mundo.

Era un primo remoto, pero gemelo de la Filisola. Perseverante y suave, como ella; decidido y puntual, con una barba cerrada, irresistiblemente azul, y un pecho amplio y liso, de tersos vellos oscuros peinados sobre los pectorales. Desde que la Filisola vio ese pecho por equivocación, por un ángulo imprevisto de las habitaciones de la casa, no quiso sino recostarse en él. El efecto de la Filisola sobre su pariente no fue menor. Le desató el incendio de la primera pasión verdadera en el llano de una existencia plagada de aventuras sin sabor, concentrada hasta entonces en el placer de superar a otros en los negocios y el caudal, antes que en el amor o la dicha.

Juntos, el primo Gonzalbo y la Filisola construyeron el brebaje de la desmesura que faltaba en ambos. Desafiaron el escándalo familiar para reunirse, él se volvió fiestero y derrochador, ella temperamental y vanidosa, y vivieron su noviazgo de amantes públicos como pudieran haberlo hecho una actriz de moda y su acompañante rico, desbordando sobre los otros la afrenta de su amor y de su felicidad, junto con los temblores por el modesto tabú que su inmodesta pasión transgredía.

Con dispensas apostólicas y abluciones parroquiales, luego de tres años de escándalo, santificaron sus vínculos al empezar el medio siglo, favorito de la

Guerra Fría. Casaron y engendraron cuatro hijas, de las cuales una, Natalia, creció lenta de mente; otra, Cordelia, salió bataclana como alguna de sus ancestras, y las dos restantes murieron, la primera en un accidente de coche con su marido, dejando en el mundo a su hija Leonor, y la otra sin causa precisa, en el curso del síndrome funesto traído a la familia más de un siglo atrás por una mujer equivocada, y vivido nuevamente bajo el nombre de Mariana Gonzalbo en las últimas décadas del segundo milenio de la era de Cristo, marcado, como el primero, por el pulso sangriento de la luna y el capricho mortal de las estrellas.

II

Desde el día que su abuela Filisola la peinó frente al retrato, Leonor empezó a visitar el óleo de Mariana y Mariana empezó a reinar en ella, sonriéndole cada vez con la mirada, como anticipando el momento en que la efigie inmóvil movería una ceja, extendería el brazo para pedirle que se acercara y al final bajaría de la tela para ofrecerle un beso, hablar, y rendirle sus secretos.

Una noche, mientras sus abuelos celebraban en los cuartos de arriba el ritual de la cena, que se consumía en el reparto de una bandeja de tés de yerbas y galletas con mermelada, Leonor se soltó las trenzas y bajó a mirarse en el retrato de su tía. Se vio y la vio hasta que la fijeza de los rasgos del cuadro empezó a desvanecerse. Entonces le dijo a Mariana:

—Baja. Quiero que me digas qué pasó.

Pero Mariana siguió mirándola sin moverse, con la burla en los labios, como advirtiéndole que no iba a ser tan fácil, que había mucho camino por andar antes de que pudieran encontrarse.

Vinieron para Leonor las clases en la nueva escuela, los días lluviosos de septiembre, el jugueteo amoroso con Rafael Liévano y la tristeza de la casa húmeda, fría por las tardes, mal rescoldada por calefactores de aceite y por la soledad de sus abuelos. Una tarde, ya cerca del anochecer, Leonor descubrió a su abuela Filisola en el costurero consintiendo un álbum de fotos. Apenas la vio llegar, su abuela cerró el álbum y volvió al bordado.

—Muéstrame las fotos —le pidió Leonor.

—Míralas tú misma —contestó la abuela.

Leonor se hincó junto a ella y empezó a hojear el álbum. No era gran cosa, sólo fotos recientes, todavía sin el prestigio del pasado. Mostraban a los abuelos en un viaje a Italia, juntos pero sin abrazarse frente al Domo de Milán, mirando a lados opuestos desde una terraza en Roma, atendiendo palomas distintas en la plaza de San Marcos de Venecia. Venían luego unas fotos de su tía Cordelia, la cantante, en su última visita a la casa paterna, dos meses atrás. Había fotos de la misma Leonor y de su otra tía, Natalia, jugando al ajedrez, vestidas como Judy Garland en *El mago de Oz*, y apagando las velas del cumpleaños de Natalia, la Gonzalbo adulta que seguía teniendo nueve años.

—Pensé que eran fotos más viejas —se quejó Leonor, poniendo el álbum sobre sus rodillas.

—Hay más viejas en el armario —informó su abuela.

—No quiero ver fotos —murmuró Leonor.

—¿Qué quieres entonces? —preguntó la abuela.

—Quiero saber cómo era mi tía Mariana.

—Como en el retrato del comedor —dijo su abuela Filisola, sin levantar la vista del bordado —Un poco más alta que yo y de mejores piernas. Tenía las mejores piernas de la casa. Esbeltas y fuertes. Y las mejores caderas. ¿Qué más quieres saber?

—Quiero saber de ella. ¿Cómo era?

—No es un asunto del que puedas sacar ejemplo —dijo la abuela, alzando sus ojos por encima de los lentes que amparaban su presbicia. —¿Qué te ha dado ahora por preguntar sobre Mariana?

—Soñé con ella anoche —dijo Leonor.

—Eso nos faltaba, que se metiera en tus sueños —bromeó la abuela Filisola, desatendiendo el bordado para mirar a su nieta con falsa alarma y una cierta sonrisa. —¿Qué hacía en tus sueños Mariana?

—Me desataba las trenzas y me decía: "Tú eres como tu."

—Valiente descubrimiento —dijo la abuela.

—¿Por qué me hablas de estas cosas?

—Quiero saber de mi tía.

—¿Qué quieres saber? No hay mucho que saber o qué aprender de tu tía. Y ya sabes que no nos gusta hablar de eso. Pero repito: ¿qué quieres saber? Pónme un ejemplo.

—Por ejemplo —dijo Leonor— quiero saber si bebía.

—¿Qué pregunta es ésa, Leonor? ¿Qué quieres decir con que si tu tía Mariana bebía?

—Que si bebía, si le gustaba echarse sus copas y ponerse alegre y bailar, y cantar.

—¿Y eso, para qué quieres saberlo?

—Quiero saber cómo era. Nunca me hablan de ella.

—No hay mucho que hablar.

—Sí hay —dijo Leonor.

—¿Como qué te parece que haya que hablar? —se enfrió su abuela Filisola.

—Me gustaría que me contaran de qué murió —dijo Leonor.

—De qué murió es cosa que no te importa a ti, ni deberá importarte en el futuro.

—Pero me importa.

—Por morbo, por curiosidad malsana.

—Por lo que sea, pero me importa.

—No sabes ni de qué hablas —dijo la abuela Filisola. —Ve por la bandeja de té, que no tarda en llegar tu abuelo. Anda, y quítate esas mariposas de la cabeza.

A las siete y media de cada noche, salvo los viernes, en que se reunía con sus amigos a jugar cartas en el club libanés —apostar era ya la única pasión de su vida: todas las otras vivían a resguardo de la inspección de los otros y de su propia mirada—, Ramón Gonzalbo entraba a su casa de tres torreones, desdoblaba los periódicos de la mañana y subía por la escalera hojeando los titulares y destrabando el yugo de su camisa, como quien destraba el ganchillo de su armadura.

Había adquirido años atrás el hábito de leer por la noche los periódicos del día, desde que un competidor dueño de un diario, para chantajearlo, había publicado una serie de supuestas revelaciones sobre su vida privada y la mala salud de sus negocios. En medio del alud de mentiras, una mañana había encontrado en la columna del encargado de machacar su fama, la relación de los infortunios de la familia Gonzalbo, empezando con la versatilidad genésica de su propia tía y suegra, fallecida en los años veinte al dar a luz a su mujer, y terminando con una insinuación sobre los entretelones de la muerte de su hija Mariana.

No acabó de leer. Doblado sobre sí mismo, con un dolor que le impedía enderezarse, entró al hospital de emergencia para una operación de vesícula y el largo tratamiento de una gastritis cuyos zarpazos había diferido por años. Supersticioso o práctico, nunca volvió a leer un periódico en ayunas ni a empezar el día con esa colección de adversidades en su ánimo, de por sí lento y sombrío por las mañanas. Se le iba componiendo después del desayuno hasta encontrar en las horas hábiles del día la mezcla de aplomo y entusiasmo que era su marca de fábrica, y que lo llevaba a comer frugal pero gustosamente antes de las dos, para regresar a las cuatro a su escritorio y desahogar las horas más fértiles de su trabajo, las horas de la planeación del día siguiente y la invención de nuevos negocios.

Todos los días al llegar a casa, Ramón Gonzalbo iba a su vestidor por un suéter de *cashmere* y unas pantuflas de cuero, daba un beso en la mejilla a su mujer y cambiaba con ella un par de preguntas respondidas con monosílabos, antes de empezar el rito nocturno del té. Al servirlo, la abuela Filisola hablaba de sus incidentes del día y Ramón Gonzalbo la escuchaba asintiendo, sin levantar la mirada de los diarios, al cabo de lo cual cada uno sorbía su té y mordía las tostadas que su apetito exigiera. A ese ritual seguía el mejor momento de la jornada para Ramón Gonzalbo, al menos hasta donde Leonor podía deducir por las señas externas del abuelo. Y era que se recluía en el estudio de maderas oscuras y sillones negros de la planta baja a fumar habanos y a beber una copa morena y barrigona de coñac.

Hasta ese estudio se deslizaban con alguna frecuencia Leonor y Natalia, habitante invisible pero esencial de la casa, para tratar de arrancarle al viejo algo más que una nueva cadena de monosílabos, sabedoras de que el buen efecto de la bebida o la favorable conjunción de la luna, podían poner en su boca alguna historia del México de su juventud, aquel país de personajes extravagantes que rondaba la cabeza de Ramón Gonzalbo como un paraíso flotante del que caían a la memoria anécdotas prodigiosas que él contaba en forma escueta, como si las recitara, con una sobriedad impersonal que transmitía a la perfección, sin aludirla, la nostalgia del narrador por aquella vida que se le había ido de las manos y sólo quedaba en los jirones, pulidos hasta la sobriedad, de sus recuerdos.

Esta vez Leonor no fue a buscar a Natalia a su cuarto de pájaros locos y tiempo detenido, sino que bajó sola siguiendo la huella de su abuelo hasta el estudio, y se apoltronó frente a él, simulando leer una sección pequeña del periódico. Era tan artificial la pose y tan obviamente adoptada para interrumpir el pacífico reposo de su abuelo que Ramón Gonzalbo le dijo:

—Cosas de negocios, hasta que termine el coñac.

—De acuerdo —respondió Leonor, y esperó pacientemente.

Cuando dio el último sorbo, Ramón Gonzalbo se quitó los lentes y puso en Leonor sus ojos color aceituna, rodeados en su brillo juvenil por todas las arrugas y desvelos de sus años, atento a lo que su nieta tuviera que decirle.

—Quiero que me cuentes de mi tía Mariana —dijo Leonor, sin arriesgar un preámbulo que sabía innecesario y hasta contraproducente con su abuelo.

—¿Qué quieres saber? —concedió Ramón Gonzalbo, echando a un lado el periódico que tenía sobre las piernas y yendo al pequeño bar por un vaso de agua.

—La verdad —dijo Leonor.

—La verdad es una señora muy difícil de encontrar —ironizó Ramón Gonzalbo, dándole la espalda todavía, desde el bar. Bebió el agua del vaso a grandes sorbos y vino nuevamente al sillón. Era alto y todavía esbelto, en el inicio de su vejez. No se habían vencido sus hombros anchos, ni se había a- bultado su vientre, ni la extensión de sus brazos ha- bía perdido el aire fuerte y flexible de sus huesos grandes, bien cubiertos por músculos largos.

—La verdad —dijo, fatigado de pronto por la obligación de la pregunta— es que puedo decirte muy poco de tu tía Mariana. Yo, menos que ninguno. Vivimos años bajo la misma casa, pero nunca supe ver sus cosas. Ella las ocultó y yo no tuve tiempo o no supe darme tiempo para averiguarlas. Ya me ves ahora: voy del trabajo a la casa y de la casa al trabajo. Es lo que he hecho siempre. La diferencia es que antes pensaba que lo más importante en la vida era ganar dinero, asegurar el futuro. Ahora entiendo que fue lo más inútil. Cuando reviso me doy cuenta de que lo difícil del dinero es hacer el primer montón. Luego, con no hacer tonterías basta. El dinero crece solo y entre más dinero tienes menos trabajo necesitas para que se reproduzca. Así que yo hubiera podido dejar de trabajar hace tiempo y tendría posiblemente el mismo dinero que ahora.

—Pero te estaba preguntando por Mariana, abuelo —se quejó Leonor.

—Y te estoy contestando del trabajo y del dinero, que es lo único que sé de Mariana —dijo Ramón Gonzalbo. —Porque eso fue lo que me apartó de Mariana. Pero puedo decirte esto: si quieres saber de Mariana, habla con tu tía Cordelia. Lo que no sepa tu tía Cordelia, no lo sabrá nadie. Ellas crecieron juntas, fueron muy cómplices toda la niñez y el resto de sus vidas. Yo no puedo decir que conocí a Mariana. Estaba muy ocupado haciendo dinero para asegurarle su futuro. Y ya ves, el futuro no llegó.

—Pero cuéntame algo de ella —dijo Leonor. —¿Cómo era? ¿Qué le gustaba?

—Otro día —dijo Ramón Gonzalbo, poniéndose de pie.

—¿De qué murió? —saltó Leonor, todavía con el vuelo de sus preguntas anteriores.

—*Time is over*—dijo el abuelo con su expresión favorita para decir "No se hable más". Y se fue por la puerta hacia la escalera, rumbo a su cuarto, sin decir otra palabra.

III

Para celebrar el Día de Muertos, el 2 de noviembre, Rafael Liévano la invitó a una fiesta en su casa. Le dijo que vendrían unas primas con sus novios y algunas compañeras de la escuela con los suyos y que, aprovechando la ausencia de sus padres, pondrían un equipo de música con luces en la piscina cubierta, tomarían unos tragos, fumarían lo que se encontraran y no habrían de olvidarse en mucho tiempo del Día de Muertos porque estarían como tales o empezarían a ponerse así a partir de las ocho de la noche.

Leonor llegó a las siete con la intención de estar un rato a solas con Rafael Liévano, antes de que vinieran los otros. Quería verlo y sentirlo, medir si lo que había en ella cada vez que Rafael Liévano pasaba a su lado, soplando un beso sobre su nuca o acariciando tímida pero claramente la ronda inferior de sus nalgas, podía ir hasta donde ella pensaba o era sólo una curiosidad, un escozor por el hecho de que el jugueteo de Rafael Liévano no hubiera ido todavía más allá. Su asedio amoroso, si eso era, y la respuesta pronta de Leonor, si en verdad tenía esa prisa, se daban al paso, en el corredor de la escuela, al amparo del grupo de amigos que facilitaba tanto como impedía sus encuentros, porque estaban todo el tiempo juntos pero nunca solos. Quería sentir a Rafael Liévano, mirarlo sin prisas ni poses y confirmar su olor, el olor que había aspirado, penetrante y ácido, en las escaramuzas de su cercanía junto a los demás. Quería saber si Liévano podía ser para ella todo lo que su cuerpo anticipaba o era sólo una excrecencia del tedio escolar, del bullicio que los acercaba sin reunirlos y los excitaba sin tocar sus deseos.

Los padres de Rafael Liévano no estaban, pero tampoco había indicios de que alguien fuera a celebrar una fiesta o a instalar un equipo de sonido en la piscina cubierta. La casa retumbaba con un estruendo de música rap, pero el ruido no venía de la piscina, sino de la única habitación del segundo piso que tenía la luz prendida y en cuyo balcón bailaba frenéticamente Rafael Liévano, convocado por sí mismo a la inolvidable fiesta del Día de Muertos que se había organizado. Leonor subió hasta la habitación y la encontró hecha un lío, la cama revuelta, la ropa tirada y un reguero de casets que saltaban en la alfombra por el estruendo retumbante del estéreo. Descalzo, Rafael Liévano sudaba y daba saltos en el balcón. Una camiseta en jirones le cubría el torso húmedo y unas bermudas blancas entallaban sus piernas fuertes y el promontorio de su sexo.

Le hizo un gesto a Leonor para que viniera al balcón, gritando unas palabras que ella no pudo oír, separados como estaban por el mar de ruido que estremecía la recámara. Rafael Liévano tenía una hielera con cervezas en el balcón y le ofreció una a Leonor, pero Leonor no la quiso. Rafael Liévano fue entonces a su armario por una botella de tequila. Cuando regresaba le dio un trago invitador, demostrativo de la excelencia del brebaje, antes de ofrecérselo también a Leonor, pero Leonor rehusó de nuevo. Entonces Rafael Liévano fue a la recámara de sus padres y volvió rodando un carrito con todos los licores imaginables, dispuestos en dos pisos transparentes. Leonor se sirvió un coñac de la marca que acostumbraba su abuelo y que ella y su tía Natalia ordeñaban por las noches.

—Bebes fuerte —le dijo Rafael Liévano. —¿Qué más haces fuerte?

—Yo, nada —le dijo Leonor. —¿Y tú?

—Yo, huelo fuerte —dijo Rafael Liévano, festejando con una risotada su propia ocurrencia.

—Ya lo había notado —contestó Leonor.

—¿Qué? —preguntó Rafael Liévano.

—Tu olor —le dijo Leonor. —Hueles a jocoque. Y a camarón.

—Pues orita debo oler a chivo —se olió Rafael Liévano.

—No —dijo Leonor, acercándose a su pecho para olerlo. —A chivo, no.

—Entonces a qué —la retó Rafael Liévano, metiendo las manos bajo su blusa.

—A ti —dijo Leonor, restregando su perfil sobre el pecho de Rafael Liévano.

Se fundió en ese olor por un largo rato, hasta adquirirlo. Cuando volvió en sí, fatigada y dispuesta a reanudar, sintió los labios gruesos de Rafael Liévano reiterándose en su cuello, su lengua áspera y húmeda, recorriendo su oreja, el cuerpo duro y lampiño de Rafael Liévano atravesado en ella, todavía metido en ella, sudoroso, fatigado y nuevamente dispuesto, como ella. La música había cesado, el cuarto estaba en penumbras y entraba por el balcón abierto la pátina de luz radiante y granulada de la luna.

—Los invitados nos van a encontrar aquí —murmuró Leonor de pronto, con alarma, en el oído de Rafael Liévano.

—No —aseguró Rafael Liévano, sin despegar sus labios de la ruta que había abierto en el cuello de Leonor.

—Si llegan, nos van a encontrar —insistió Leonor, aceptando las caricias de Rafael Liévano.

—No —repitió Rafael Liévano.

—¿Por qué no? —preguntó Leonor.

—Porque nosotros somos los únicos invitados a esta fiesta —dijo Rafael Liévano.

—¿No hay fiesta? —chilló Leonor.
—Ésta es la fiesta —dijo Rafael Liévano.
—¿No hay invitados? —volvió a chillar Leonor.
—Nosotros somos los invitados —repitió Rafael Liévano.
—¿Nada más? —chilló por tercera vez Leonor.
—Y los amigos de aquí abajo —dijo Rafael Liévano, volviendo a hundirse en Leonor.

Cuando volvieron en sí, eran casi las diez y Leonor debía volver a casa. Fue al baño por una ducha y buscó a tientas el apagador hasta encontrarlo. Una luz blanca aclaró el cubo del baño. Como si estuviera atrapada en el interior de un diamante, la figura desnuda de Leonor apareció de cuerpo entero en uno de los espejos que cubrían las paredes. Su trenza se había deshecho y el pelo le caía sobre los hombros, libre y castaño. Respiró el enigma, la libertad, la fuerza de aquel pelo, la anticipación de sus facciones adultas en la cima de su cuerpo delgado y tierno, pero resuelto y precoz: las piernas fuertes y altas como decía su abuela que habían sido las de Mariana, las caderas redondas y esbeltas como las que podía adivinar bajo el traje del retrato de Mariana, y el rumor de las formas que habían empezado a habitarla, los rasgos sin acabar de todas las mujeres que vivían, detenidas pero palpitantes, en ese retrato y ahora en el diamante donde había irrumpido ella, que reunía en la plenitud de su cuerpo el fantasma de todas las otras.

Rehizo su trenza y fue a despedirse de Rafael Liévano.
—¿Te veo mañana? —preguntó Rafael Liévano.
—No puedo mañana.
—¿Pasado?
—No sé si pueda pasado.
—¿El lunes, el martes, el miércoles, el jueves? —insistió Rafael Liévano

—El lunes en la escuela —dijo Leonor, poniéndose la blusa.

—Pero no estoy hablando de la escuela, babosa —dijo Rafael Liévano. —Sino de vernos tú y yo. ¿Te acuerdas? —preguntó, pasando la mano sobre el bozo dorado del vientre de Leonor.

—Me acuerdo muy bien —dijo Leonor, separándose para enfundarse en los pantalones.

—¿No te gustó? —quiso saber Rafael Liévano.

—Me encantó —dijo Leonor, metiéndose de un brinco en sus zapatos.

—¿Entonces, babosa?

—Entonces nos vemos el lunes en la escuela —dijo Leonor, tirándole un beso y saliendo del cuarto a toda prisa, rumbo a la calle.

Mientras cruzaba el jardín oyó la voz de Rafael Liévano gritarle desde el balcón:

—Estás loca, Gonzalbo.

Volteó a mirarlo y lo adoró, desnudo y sudoroso en el balcón, con la cerveza en la mano, gritándole otra vez: "Estás loca", antes de perderse en el movimiento de su cuerpo tomado por el rap que estremecía la atmósfera y, desde ahora, su memoria.

Llegó poco después de las diez a su casa y pudo escabullirse sin inspecciones hasta su cuarto. Se soltó la trenza y empezó a secarse el pelo húmedo con la pistola eléctrica. El ruido atrajo los pasos de su abuela Filisola que asomó de pronto en el baño y le preguntó por qué se secaba el pelo.

—Me bañé —explicó Leonor.

—No escuché el ruido de la regadera —dijo la abuela, sin ánimo policiaco, sólo constatando el hecho.

—Me bañé en la tina —explicó Leonor.
—No usé la regadera para que no te molestara, precisamente.

—No viniste a darnos las buenas noches —porfió la Filisola.

—Pensé que estaban dormidos —dijo Leonor.
—No vi luces en el despacho ni en la recámara.

—Estábamos despiertos —informó la Filisola.
—¿Cómo te fue en la fiesta?

—Muy bien, abuela.

—Me alegro.

—Yo también, abuela.

—Buenas noches.

—Buenas noches.

Cuando terminó de secarse el pelo, la melena volvió a esponjarse sobre sus hombros como después de las caricias de Rafael Liévano. Se demoró en la evocación de esas caricias y de su propia imagen reluciente en el baño. Se puso después una bata y bajó, con pasos tan sigilosos como los de su abuela, al despacho de Ramón Gonzalbo por una copa de coñac. Luego, fue al comedor. No encendió las luces. Cuando descorrió las cortinas, una ráfaga de luna entró por los ventanales, y en medio de esa penumbra plateada e irreal, se dispuso a conversar con Mariana sobre los acontecimientos secretos del día.

IV

Cordelia Gonzalbo vivía sola en la mitad de una casa de Coyoacán rodeada de álamos, húmeda como un bosque de tantas yedras en las paredes y piracantos sobre los muros. Era una casa de techos altos y la habían partido en dos para darle una dimensión terrenal a la aspiración de reproducir la infinitud del paraíso que alguna vez alentó en su dueña, una mujer cuya causa había prendido como la de la primera beata posible de México. Luego de un católico matrimonio que la pobló de hijos y aspiraciones de santidad, aquella mujer había dedicado su viudez a la atención de los no menos infinitos huérfanos que la paternidad mexicana engendra y abandona en cada rincón de la patria.

Pero los caminos genésicos de Dios son inescrutables y una hija de aquella beata posible había salido su reverso. Atacada por los placeres que sólo otorgan el aire libre y las recámaras cerradas, había dilapidado junto con sus hermanos una fortuna no despreciable y ahora, cerca ya de sus sesenta años, era todavía símbolo de la buena vida de otra época y seguía dando paso a su alma natural de bataclana incrustada en los resquicios de la vida bohemia que la ciudad conservaba. Ahí había conocido a Cordelia Gonzalbo, que esparcía por la ciudad su propia vocación de canto y fiesta, armada de la única elegancia de su cuerpo y la única sabiduría de una guitarra que sabía seguir su voz ronca y modulada por todos los boleros de los cuarentas, de cuya interminable sucesión su padre, Ramón

Gonzalbo, era no sólo memorioso experto sino coleccionador voraz, debilidad por la cual había añadido a sus puntuales culpas el prurito adicional de haber sido él quien abrió a su tercera hija, nacida mujer hermosa y altiva, como todas las otras, hacia el desorden de la farándula, aquella vida que seguía teniendo en la cabeza de Ramón Gonzalbo un aire de pecado a la vez irresistible y condenable.

Sumida en ese mundo, tan cercano un tiempo pero tan indeseable ahora para sus padres, Cordelia frecuentaba poco a los abuelos de Leonor y se cuidaba mucho de poner frente a sus ojos de laicos monásticos el hálito juguetón y disperso de su alma, proclive a la herejía involuntaria y a la simple alegría de vivir. No obstante, en los trapos de más que se derramaban sobre su atuendo esforzadamente conservador y en sus comentarios risueños sobre casi cualquier cosa que viniera a la plática, Leonor había olido a la eufórica, a la loca, a la desmesurada. Y durante sus mínimas escapadas al cuarto detenido de Natalia, en los comentarios punzantes y mal hablados de Cordelia, había tenido la anticipación si no de un alma cómplice al menos de una ventana abierta al aire libre. No titubeó entonces en llamarle, como le había sugerido Ramón Gonzalbo, y no le extrañó que la respuesta de Cordelia fuera de llana aceptación y al mismo tiempo de democrática sorna cuando Leonor señaló que la entrevista debía ser lejos de casa de los abuelos y "de mujer a mujer". No tenía Leonor pretensiones adolescentes sobre la urgencia de dejar de serlo y su expresión de hecho incluía una connotación burlesca, porque la había tomado de su abuela Filisola que no se cansaba de usarla para anticipar tonterías que ironizaban la confidencialidad solemne de la frase. "De mujer a mujer", solía decir la Filisola, "es la hora del té". O "De mujer a mujer: ya anocheció".

—De mujer a mujer: estoy de acuerdo —le contestó Cordelia, jugueteando con su sobrina. —Pero traes tu diario secreto y tus pastillas anticonceptivas.

Se rió Leonor y se encontraron la semana siguiente en la casa de Cordelia. Las primeras palabras de Cordelia fueron como una secuela del encuentro telefónico:

—No sé de qué quieras hablarme, mi hija, pero aquí nada de trenzas castas y pubis angelical. No tienes que hacerte la santa conmigo. Sé perfectamente bien quién eres: eres igualita a Mariana y así de cabroncita vas a ser. De manera que vamos empezando: ¿cuántos acostones llevas en la vida? Quiero decir: ¿todavía puedes llevar la cuenta o ya la perdiste?

—Tía —se quejó mustiamente Leonor.

—Bueno, más fácil. Dime sólo la edad y el lugar del primer acostón.

—Quince —confió Leonor, enrojeciendo.

—¿Y el lugar?

—Ay, tía —volvió a quejarse Leonor.

—¿Lugar?

—En el parque.

—¿En el parque? Válgame Dios. En eso sí me ganaste, chiquita. Yo en el parque, ni unos besos, con tantos vigilantes que hay y tanto desecho de perro por todos los pastos disponibles.

—Bueno, no exactamente en el parque —corrigió Leonor.

—¿Exactamente dónde, entonces?

—En un coche —dijo Leonor.

—¿En un coche? ¿No que en un parque?

—Bueno, en un coche estacionado junto a un parque.

—Ah, vaya. Entonces fue normal —dijo Cordelia. —Aunque para ser la primera vez, te diré. ¿No te lastimaste mucho?

—No —dijo Leonor.

—¿Así de perdida estabas?

—Tía —volvió Leonor a su queja retórica.

—No, si acaba no doliendo, porque una está con ganas de todo. Pero algo sí duele. Un poquito.

—Nada —dijo Leonor, enrojeciendo.

—Será predestinación —jugó Cordelia—. Todas las Gonzalbo somos estrechas de la pelvis. Es una tara, como el prognatismo de los borbones o la ceguera de los indios seris de Sonora. ¿Sabes lo que es el prognatismo?

—No —dijo Leonor, empezando a reírse con la rapidez de Cordelia.

—Que se te sale la barbilla así, hacia afuera, como si fueras a almacenar agua de lluvia o a comulgar con cuatrocientas hostias. Así —sacó la barbilla unos centímetros por abajo de la línea de sus dientes blancos, levemente manchados de nicotina, pero parejos y sólidos, como un teclado de piano—. Bueno, pues nosotras somos estrechas y tenemos por eso mil problemas para parir. Se supone que deberíamos tener problemas también para los primeros amores. Pero no parece haber sido el caso. A mí me dolió, pero no tuve mayores problemas, tu tía Mariana ninguno y ahora tú tampoco. Lo de los partos es otra cosa. ¿No has averiguado eso de las mujeres de la familia?

—No —dijo Leonor.

—Pues ya es hora de que lo averigües, para cuando te toque. Tu bisabuela murió después de un parto. Tu tía Natalia nació medio asfixiada en un parto largo y por eso está así. El caso es que malos partos todas han tenido, pero no se sabe de ninguna que se haya quejado de malos amores. Al parecer no vas a ser la excepción, porque no te he escuchado quejarte de nada de lo que me has dicho. Más bien me da la impresión de que al contrario, ¿no?

—Sí —sonrió Leonor.

—Bueno, pues me alegro mucho, porque entre todas las porquerías que ofrece la vida, la mejor es esa de estar encerrada lamiéndose con un varón —dijo Cordelia, apagando el cigarrillo con un nerviosismo alegre, evocador de tardes que apenas se habían ido y no tardarían en volver. —Pero desde luego no es eso lo que vienes a preguntarme. Me dijiste por teléfono que querías preguntarme algo. ¿Qué quieres preguntarme?

—Quiero saber de Mariana —dijo Leonor.

—Quieres saber de Mariana —repitió Cordelia, eufórica y colaborativa, echando mano del siguiente cigarrillo. —¿Qué te puedo decir de Mariana? No sé qué te interese. Tantas cosas. Por ejemplo lo que ya te dije: a Mariana tampoco le dolió la primera vez. Lo que quiere decir que a lo mejor ustedes son almas gemelas. O virgos gemelos, mejor dicho. La verdad —dijo Cordelia, luego de prender y aspirar suicidamente el cigarrillo —me la recuerdas tanto que me da no sé qué.

—¿No te da gusto?

—Mucho —dijo Cordelia. —Es como recobrar un pedazo de tiempo que se largó. Me da gusto, sí. Pero me dan nervios también. A ver, quítate esa trenza de niña tonta. Quiero ver una cosa.

—No hace falta —dijo Leonor. —Tienes razón.

—¿Razón de qué? —preguntó Cordelia.

—Somos muy parecidas —se adelantó Leonor. —Ya me lo dijo la abuela.

—Quiero ver —insistió Cordelia. —Quítate esa trenza.

—De acuerdo, pero luego tú me ayudas a rehacerla —dijo Leonor y empezó a zafarse.

Cuando el pelo le cayó sobre los hombros, todavía ahogado por el yugo de la trenza, Leonor alzó la mirada hacia Cordelia segura del efecto logrado, pero vio en la expresión de su tía una nube de indecisión, un vaho de duda de experto sobre la autenticidad de una pieza.

—Es que así no es —dijo Leonor. Y fue al baño del fondo por un cepillo para repetir el ritual de su abuela. Volvió cepillándose el pelo de la nuca hacia adelante y de la frente hacia atrás, dejando que entraran en él la vida y el aire que habían inflamado el pelo de Mariana. Cuando llegó frente a Cordelia, otra vez había sobre su cabeza el casco esponjado de la esfinge y sentía en sus sienes y su nuca la frescura etérea del pelo suelto, la libertad y la ligereza que la trenza no dejaba avanzar. Se paró entonces frente a Cordelia, dio una vuelta lenta para regodearse en su parecido con Mariana, y otra para ostentar ese parecido, pero cuando acabó su doble minuet y quedó frente a Cordelia, Leonor no encontró la sonrisa que esperaba sino los dos ojos enormes de Cordelia, empezando a enrojecer bajo el líquido que corría ya por las discretas pecas de sus pómulos hasta la piel agrietada de sus labios llenos y hasta el mentón redondo en que terminaban sin saltos, con una suave y discreta armonía, los huesos triangulares de su mandíbula, a la vez poderosa y tersa, como la de su madre, que no había conocido la papada.

—Estás llorando —dijo Leonor. —Pensé que iba a darte gusto.

—Me dan nervios, ya te dije —respondió Cordelia, quitándose las lágrimas de la cara, sin dejar de mirarla. —Y ahora entiendo por qué.

—¿Por qué? —preguntó Leonor.

—Pareces una copia de Mariana —le dijo Cordelia. —Pero no es sólo que te parezcas físicamente. Es que todo. Cuando venías cepillándote por el pasillo, eras como Mariana cepillándose. Esto va a necesitar de una limpia mayor.

—Mi abuelo dice que tú la conocías mejor que nadie —se acercó Leonor.

—La conocí muy bien —aceptó Cordelia. —¿Qué quieres saber?

—No sé —dijo Leonor. —¿Cómo era? ¿De qué murió? ¿Por qué nadie habla de ella?

—Por miedo —dijo Cordelia. —Y porque no es una historia bonita. Ahora mismo que hemos hablado tan abiertamente tú y yo, no sé si deba contarte todo lo que sé. No sé si conviene que lo sepas.

—¿Conviene a quién? —retó Leonor.

—A ti, mi hija. No sé si te conviene a ti.

—Menos me conviene este silencio —replicó Leonor. —Me hace sentirme parte de una cosa horrible, tan horrible que nadie se atreve a mencionarla siquiera.

—No es horrible —dijo Cordelia. —Pero tampoco es bonita. O será que a mí me da rabia acordarme de eso, y simplemente odio mi impotencia. No sé.

—¿Tu impotencia para qué? —la siguió Leonor.

—Para haber ayudado a Mariana —se nubló Cordelia. —Para haberla sacado de manos de ese miserable.

—¿Cuál miserable?

—El culpable de todo —dijo Cordelia. —Para acabarla de fregar, una gloria nacional. Una seudogloria, porque eso es todo lo que hay aquí: seudoglorias nacionales.

—Sería también un seudomiserable —jugó Leonor.

—No, eso lo era completo. Pero, en fin. ¿Por dónde quieres que empiece?

—Por el principio —dijo Leonor. —Dime quién fue el miserable.

—Querrás decir *quién es* —subrayó Cordelia. —Porque todavía es. Anda por ahí suelto, gozando de su seudofama. Sobre todo, todavía anda metido en mi cabeza como si las cosas hubieran pasado ayer. Lo de Mariana y él, quiero decir. Tengo la rabia idéntica de cuando pasó, hace diez años.

—¿Pero qué pasó?

—Muchas cosas, demasiadas cosas —se abrumó Cordelia, poniéndose de pie para ir hacia el centro del librero que se extendía sobre la sala como la nave de una biblioteca medioeval. —Todas las cosas que te puedas imaginar. ¿Quieres tomar algo?

—No —dijo Leonor.

—¿No bebes?

—A veces le robo coñac al abuelo. Pero sólo una copa, o así, allá cada Viernes Santo.

—¿Tampoco fumas?

—No.

—¿Ni siquiera mariguana?

—Fumé una vez, pero me puse idiota y luego vomité —explicó Leonor. —Tampoco fumo, desde entonces.

—¿Quieres decir que no necesitas tóxicos de ningún tipo para andar de loca por el mundo? —jugueteó Cordelia, con estudiada alarma, mientras sacaba de las entrañas rústicas de un arcón una botella de brandy.

—No —sonrió Leonor.

—¿Quiere decir que traes la música por dentro? —dijo Cordelia, volviendo a su sillón en el centro de la sala. —Si es así, eres lo que ahora llamarían una "loca interconstruida". Mariana también traía la música por dentro. Y a todo volumen.

—Cuéntame —pidió Leonor.

—Te voy a contar —la apaciguó Cordelia, pasando un ademán de reina y señora sobre la corte de muebles coloniales que eran testigos mudos de su propio fonógrafo prendido. —Pero no sé cómo. No sé por dónde empezar.

—Ya dijimos que por el principio.

—No, no, no —dijo con vehemencia Cordelia. —Ése es el peor sitio para empezar a contar esta historia. Yo tengo que empezar por el final, porque el final es lo que sigue echando chispas en mi cabeza. ¿Me entiendes?

—Sí —dijo Leonor.

—No me entiendes, pero no importa —subió y bajó su voz, imperativa y condescendiente, Cordelia. —Lo que quiero decir es que todo eso no tiene sentido para mí si no empieza en la rabia que me quedó. Tengo que empezar diciéndote que el culpable de todo es él. Porque él fue quien sedujo y enloqueció a tu tía Mariana. Él la metió a su circuito de enfermos mentales a experimentar y hacer locuras; él le dio las razones y las justificaciones para hacer todo lo que hizo. Y luego, él fue quien la abandonó cuando ella más lo necesitaba. O sea, que primero la hizo enamorarse de él, y luego la tiró como un limón chupado. Eso es lo que pasó y el culpable fue él. Mariana no pudo reponerse de eso.

—¿Pero quién es él? —preguntó Leonor.

—Se llama Carrasco —dijo Cordelia, incendiándose de rabia al pronunciar el nombre. —Lucas Carrasco. Era mayor que Mariana diez años. No parecen muchos años, pero lo son. Las mujeres estamos acostumbradas a enredarnos con hombres mayores y a nadie le parece que diez años sean una gran diferencia entre hombre y mujer. En la adolescencia los hombres son unos idiotas y nosotras ya lo sabemos todo. Pensamos por eso (no sentimos, pensamos) que nos conviene siempre un hombre mayor. Para estar parejos, como si dijéramos. Pero no es así. Acabando la adolescencia, la cosa cambia mucho. Después de la adolescencia, los hombres aprenden un montón de cosas, adquieren un montón de mañas, porque están más expuestos a la vida real, a las jodederas de la vida adulta. Las mujeres, en cambio, nos quedamos en el mundo ese de mierda donde nos hacen estar, en la casa, los niños, el mercado, las otras mujeres y el confesionario. Nos vamos volviendo idiotas, mientras ellos se van volviendo unos perfectos cabrones. De modo que cuando un hombre más o menos vivido como el cabrón de Carrasco, se encuentra a una muchacha diez años menor como Mariana, la desventaja para la mujer es enorme. Ésa es la ventaja que el cabrón de Carrasco tenía y utilizó para fregar a Mariana. Eso es lo primero que hay que entender. Y no te estoy haciendo un alegato feminista, sino diciéndote la verdad verdadera de la vida entre hombres y mujeres. ¿Ya me entiendes?

—Sí —dijo Leonor. —¿Qué edad tenía Mariana cuando conoció a Carrasco?

—Veintiséis —dijo Cordelia. —Lo conoció en la universidad, el año de 1981. Me acuerdo, porque fue el año que yo empecé a cantar profesionalmente, es decir, a cambio de un pago de mierda, pero un pago, en un cafecito del sur de la ciudad donde noche a noche se ponían ebrios hasta el vómito la mitad de los clientes. Mariana me iba a ver todas las noches, aunque fuera un ratito. Estaba terminando su carrera de historia y Lucas Carrasco le daba clases. Imagínate la diferencia.

—¿Era su maestro? —preguntó Leonor.

—No. En realidad lo conoció en el instituto de investigación donde ella entró a trabajar como auxiliar. Él ya era una pequeña celebridad en ese mundito. Trabajaba en el instituto. Ahí se conocieron. Tu tía Mariana vino y me dijo: "Conocí uno." Era una clave, siempre decía así cuando ya había decidido que ése caería: "Conocí uno." Y una semana después se presentaba con el uno y decía, muy modosita la muy cabrona: "Éste es fulano, del que te hablé." Y luego se volteaba con el otro: "Para que veas que es cierto." Yo creo que a todos se los mareaba al principio conque había hablado de ellos, como sugiriendo que nada más pensaba en ellos. Ya sabes cómo se hace eso.

—No, no sé —dijo Leonor.

—Claro que lo sabes —dijo Cordelia con maliciosa ternura.— Eso, la pelvis estrecha y la mala suerte, lo traemos las Gonzalbo de nacimiento. Tú empieza a practicarlo y vas a ver cómo viene solito, sin que nadie tenga que enseñártelo. Sólo tienes que practicarlo, ya lo sabes. Además, no es gran arte cultivarte a un hombre, no creas. Basta que les gustes un poco y no necesitan mucho más: una sonrisa, un recado: "Estuve pensando en ti." Ellos solos hacen lo demás. Se sienten soñados, reconocidos, idolatrados. Sobre todo, inmediatamente sacan la conclusión desmesurada: "Esta pobre, anda muerta por mí." Y en ese momento empiezan a perder. Los hombres son tan estúpidos, mi hija —dijo Cordelia, con resignada melancolía —que no sé por qué son al mismo tiempo tan indispensables, carajo.

—Por qué será —dijo Leonor, impostándose en mujer madura.

—Todavía no sé por qué, te juro —dijo Cordelia. —Son como unos búfalos, pasan por todos lados pisoteando los detalles. Tienen la sensibilidad de un carapacho de tortuga. No saben pensar más que en ellos y se pasan la vida peleándose. Cuando son chicos, a ver quién es más fuerte; cuando crecen, a ver quién tiene más mujeres; luego, a ver quién medró más en la vida. Son unos verdaderos búfalos en cristalería. Los que parecen tiernos y cuidadosos, son los peores de todos. Quiero decir, los que te dan la mano, comparten tus cosas y tienen ese toque para hacerte sentir natural, libre, no observada como un trofeo, los que te hacen sentirte acompañada y comprendida, ésos son los peores, porque además te engañan de principio a fin. Bueno, pues Lucas Carrasco era uno de ésos: un simulador, un seductor. Un miserable, como ya te dije.

—¿Pero cómo fue que se le acercó mi tía Mariana a este Carrasco? —preguntó Leonor. —¿También te dijo que había conocido "uno", como con los otros?

—Sí —dijo Cordelia. —Pero con él fue distinto. Desde ahí debí sospechar, ahora que lo dices, porque no fue un ligue normal de Mariana, qué va. Al contrario. Fue completamente atípico. ¿Sabes lo que quiere decir atípico?

—No —dijo Leonor.

—Yo tampoco —dijo Cordelia. —Pero la uso siempre que quiero decir "maligno", porque me parece una palabra genial, una palabra insuperable, del mejor ARC.

—¿Qué es ARC? —preguntó Leonor.

— Alto Registro Cultural —informó Cordelia. —Palabras que sirven para vestir un poco a las cantantes desharrapadas.

—Tampoco sé qué quiere decir desharrapadas —confesó Leonor.

—Jodidas, desprotegidas —dijo Cordelia. —Como yo.

—Pues no te veo lo desprotegida por ningún lado —apuntó Leonor.

—Porque soy además una gran actriz —dijo Cordelia. —Pero deja de interrumpirme. ¿Quieres saber o no lo del miserable de Carrasco?

—Lo de Carrasco con Mariana, sí —dijo Leonor.

—Lo trajo un día sin avisar al cafecito —recordó Cordelia. —Lo dejó sentado ahí en un lugar visible y vino a verme, mientras yo me preparaba para empezar la cantada. "Hoy sí cantas como nunca, porque traigo lo que nunca", me dijo Mariana. "Haz como que te estoy hablando de otra cosa y míralo allí donde está el escudo de armas, el de la camisa azul y la corbata de lunares rojos. Pero no lo veas, babosa, no quiero que se dé cuenta que lo ves mientras te estoy hablando. Empieza a cantar y lo ves luego. Es más, cántale a él un rato para que vea que está destinado a gustarle a la familia. Porque está destinado, eso que ni qué." Eso me dijo Mariana, o algo así, muy parecido. Me hice la tonta mientras me hablaba y arreglé mi guitarra y le di un beso como si me hubiera estado hablando de la tintorería y no me interesara, ya sabes, con esa condescendencia de la cantante consagrada con su público de pocos vuelos, y me senté en mi banco de cantina, que iba muy bien para el personaje informal de una cantante en el centro de su sala, y empecé a cantar como siempre, como si nada hubiera pasado o nada me hubiera dicho Mariana. Canté una y les eché un ojo, y a la segunda como que me volteé de plano hacia donde ellos estaban y los miré sin esfuerzo ni fingimiento, porque en la nueva posición me quedaban de frente y lo natural parecía que los mirara a ellos. Fue la primera vez que los vi juntos y como que los vi para siempre. Porque Mariana sería muy joven, pero tenía la facha de una mujer hecha y derecha, con su enorme pelo sobre la cabeza y sus facciones afiladas, bien atentas a la estupidez ambiental. Pero Lucas Carrasco, sentado junto a ella, era la pareja perfecta, con su frente enorme, sus ojos redondos, su torso flaco y largo, como el de un leopardo. En realidad, era un actor en papel actuando el papel de una gran naturalidad, con su corbata de lunares rojos y sus manos de pianista yendo y viniendo mientras hablaba, como si dirigiera sus palabras.

—Entonces era guapo —concluyó Leonor.
—Al menos esa ventaja tenía.

—No, guapo no —dijo Cordelia. —Era, cómo te diré, interesante. Era relajado, puesto como por encima de las cosas y gozando al mismo tiempo de ellas. No sé si me explico. Un hijo de puta, un actor. Así fue todo el tiempo que duró. Él siempre como por encima de las cosas, viéndolas pasar con una mueca irónica, ni siquiera una sonrisa, una serenidad impostada, aunque muy efectiva, sin moverse un milímetro de donde estaba, y entendiéndolo todo, razonándolo todo, aceptándolo todo aunque fuese completamente antinatural.

—¿Antinatural como qué? —preguntó Leonor.

—Como las cosas a que indujo a Mariana —dijo Cordelia, volviéndose a crispar.

—¿Qué cosas?

—Cosas, mi hija —dijo Cordelia. —Ahí es donde me detengo yo porque no sé cómo contarte, ni si te debo contar. Fue terrible, pero yo misma no sé con precisión lo que pasó. Si lo supiera, creo que tampoco podría contártelo.

—¿Pero lo sabes o no lo sabes? —la apuró Leonor.

—Lo sé —dijo Cordelia. —Sé lo fundamental, pero no sé si deba contártelo.

—Cuéntame lo que creas que puedo saber —dijo Leonor.

—Es que no sé si debas saber algo de eso. Fue terrible. Mariana hizo cosas que luego ella misma recordaba con horror.

—¿Por ejemplo?

—Tomó drogas —ejemplificó, lacónica y solemne, Cordelia.

—¿Y luego? —preguntó, nada conmovida, Leonor.

—Salió desnuda una noche por el barrio donde vivía Carrasco, invitando hombres y mujeres a una fiesta —se aflojó Cordelia. —Le dio una gripa de aquéllas, una bronconeumonía.

—¿Estaba drogada?
—No.
—¿Borracha?
—Borracha de Carrasco —dijo Cordelia. —Carrasco la inducía a salir con otros. O al menos no ponía reparos a que Mariana saliera con otros.

—¿La inducía o la aguantaba? —preguntó Leonor.

—Las dos cosas —dijo Cordelia. —Tuvieron que ser las dos cosas, porque si no, no te explicas cómo Mariana, estando loca por Carrasco, anduviera dándole vuelo a la hilacha donde quiera que alguien le guiñaba un ojo. Y sólo tenía que tronar los dedos, ya no digas los labios, para que hubiera una fila de guiñadores.

—¿Pero entonces qué pasó? —dijo Leonor.

—Eso es lo que pasó. Mariana prendida de Carrasco, por un lado, y Carrasco induciéndola por el otro a la promiscuidad, a la transgresión de todo. Eso es lo que no le puedo perdonar, que la indujera a todo y luego, cuando Mariana más lo necesitaba, se hizo a un lado como si no tuviera nada que ver, exactamente igual a como estaba sentado el primer día junto a Mariana, con la tranquilidad de un animal fino, cercano pero distante, con una serenidad inhumana que luego yo descubrí que en realidad era actuada, maligna, hija de puta. No quiero hablar de eso. No quiero abundar en eso. Yo estoy segura de que eso es lo que provocó la muerte de Mariana: la soledad y la desilusión que le produjo la frialdad de Carrasco cuando ella más lo necesitaba, cuando ella estaba bufando por él y por un poco de compañía.

—¿Estaba enamorada de él?

—No sé si a eso puede llamársele enamoramiento —dijo Cordelia. —Estaba enferma de él, obsesionada por él, furibunda y desesperada por él.

Aunque, claro, estoy hablando del último año, cuando ya Mariana estaba un poco desequilibrada, flaca, consumida por aquella cosa. Mariana se consumió como un fósforo. Semana con semana, podías ver que se había comido parte de la madera y que el fuego avanzaba con una velocidad increíble. Yo creo que Carrasco pudo haber apagado esa flama a tiempo, si se presenta y le sopla a Mariana, en lugar de abandonarla, como hizo.

—¿Pero de qué murió mi tía Mariana? —preguntó Leonor.

—Ésa es la gran pregunta —dijo Cordelia. —La pregunta a la que yo no quería llegar, ni voy a llegar. Al menos esta tarde. ¿De qué murió tu tía Mariana? De tristeza, de desamor. De abandono, carajo. De flaca, de no comer. De que le tronó algo adentro. De todo eso murió. Y de que tenía ganas de morirse.

—La gente no se muere de eso —objetó Leonor.

—Pues Mariana, sí —dijo Cordelia. —Se murió de eso, de las ganas. Y de la mala suerte de las Gonzalbo. Y de lo que se te ocurra añadir. Pero no quería ni quiero hablar contigo de eso. Por lo menos, no esta tarde. Ya hablamos demasiado. ¿Te importa si me tomo otro brandy y cambiamos de tema?

—Si me dejas venir otra tarde —dijo Leonor.

—Para qué, mi hija. No tiene caso.

—Para seguir hablando de Mariana —dijo Leonor. Y empezó a separar los mechones de pelo que se le derramaban sobre los hombros, para retejer su trenza infantil y poder volver a casa.

V

Era una mujer de sueños largos, llenos de dulces enigmas. Poco después de la conversación con Cordelia, soñó la corbata de lunares rojos y el torso de leopardo que Lucas Carrasco le mostraba, sonriendo, sentado junto a Mariana en un diván de altos respaldos. La tapicería del lugar perpetuaba una escena de mujeres secuestradas a caballo por feroces y tiernos jinetes; atrás de esa violencia, a la vez inaceptable y consentida, una manada de leones abrevaba, mezclada con tenues gacelas, en los vados de un río.

Como le sucedía a menudo con sus sueños, despertó rodeada todavía por el aura mágica de la noche, ligera y como eufórica, dispensada del peso del mundo. Pasó media mañana reincidiendo en la evocación de aquella corbata, de aquel torso, de aquella atmósfera de cimitarras y amores imperiosos conque había vestido en lo profundo de su corazón el nombre de Lucas Carrasco.

Creyó encontrar algo de la elegancia involuntaria del torso de su sueño en el torso de su propio abuelo, una noche en que lo observó despojarse de sus arreos externos al llegar de la fábrica para enfundarse en su camisa de seda y el suéter de *cashmere*, antes de bajar al despacho. Vio los brazos largos y velludos de Ramón Gonzalbo, sus hombros anchos y fuertes aún, marcados por los tirantes de la camiseta sin mangas; vio el inicio de su pecho bajo la garganta, alfombrado por un terso vello gris, disciplinado y generoso. Y vio los movimientos precisos de su abuelo poniendo la camisa que se quitaba en un cesto y metiéndose en dos tiempos exactos en la que iba a vestir para la noche, con una absoluta economía de movimientos. Lo siguió al despacho y se sentó con él, fingiendo, como otras veces, que leía los periódicos que el viejo desechaba, pero en realidad mirándolo, admirándolo, descubriendo en su abuelo al hombre que era, es decir, al hombre que había sido. Lo encontró elegante y sereno en la altura de su edad, capaz de portar bajo su apariencia impecable, una historia de sufrimientos indecibles. Sobre todo, lo encontró natural, suelto, poseedor de una calma soberana, dueño de su propio ritmo en medio de la bulla y la prisa que lo rodeaban. Esperó que su abuelo interrumpiera la lectura para prender el puro que se le había apagado y le dijo:

—¿Puedo preguntarte algo?

—Algo —aceptó Ramón Gonzalbo, previniéndose de antemano contra un alud de preguntas.

—¿Por qué unos hombres están como naturales y otros no? —preguntó Leonor.

—Por la misma razón que unas mujeres son preguntonas y otras no —dijo Ramón Gonzalbo, sonriendo, antes de volver a su periódico.

—¿Pero por qué? —insistió Leonor.

—¿Por qué, qué? —dijo el abuelo.

—¿Por qué unas mujeres son preguntonas y unos hombres naturales, y otros no? —insistió Leonor.

—Por ninguna razón —respondió el abuelo. —Porque a unos les tocan unas cosas y a otros otras. Por ninguna razón. La mayor parte de las cosas de la vida no se eligen, simplemente son.

—¿Como los sueños? —preguntó Leonor.

—Como los sueños —asintió Ramón Gonzalbo.

—¿Y los sueños pueden predecir el destino? —preguntó Leonor.

—No sé nada de los sueños —confesó Ramón Gonzalbo.

—¿Pero el destino existe? —preguntó Leonor. —¿Lo que nos pasa está escrito en alguna parte antes de que nos suceda?

—No —dijo Ramón Gonzalbo—. Nos ganamos lo que nos pasa, bueno o malo.

—Pero entonces, ¿por qué a unos hombres les toca ser naturales y a unas mujeres preguntonas, y a otros no? ¿Cuáles son las cosas de la vida que no se eligen y cuáles sí?

—Todas y ninguna —dijo su abuelo.

—¿Pero cuáles? —dijo Leonor.

—*Time is over* —dijo Ramón Gonzalbo.

—Pero abuelo, te estoy preguntando.

—*Time is over* —repitió el abuelo, y volvió a sus periódicos para el resto de la noche.

Durante esos días miró a Rafael Liévano con rigor, buscando en él algo de la distancia y la naturalidad con que Cordelia y sus propios sueños habían obsequiado a Lucas Carrasco. Una y otra vez su mirada encontró sólo el borbotón que era Rafael Liévano, su pelo continuamente caído sobre el rostro y continuamente echado atrás con un relincho, sus atuendos flojos que no alcanzaban a disfrazar el cuerpo que crecía abajo, incómodo en sus límites, ansioso de movimiento, golpes, luchas, fronteras que romper. Miraba la nariz de Rafael Liévano como un borrón en espera de su forma, y miraba sus manos torpes, sus enormes manos de uñas sucias, y las sentía incapaces de las caricias que sin embargo le habían prodigado. A contrapelo de sus recuerdos, encontraba esas manos demasiado grandes e inquietas para detenerse en otro cuerpo con la suavidad de que parecían capaces, en cambio, las manos de su abuelo y las manos ondulantes que flotaban en sus sueños acompañando el torso de Lucas Carrasco.

Pero la enloquecía Rafael Liévano. Apenas se cruzaba con él en la escuela o lo dejaba cruzar sin la escuela por su cabeza, trepaban por ella los recuerdos de su cuerpo sudado y de sus piernas duras y su pecho lampiño. Desde la fiesta inaugural de Día de Muertos, Leonor lo había dejado llegar otras dos veces hasta ella. Mejor dicho: se había dejado ir hasta él sólo dos veces. Cada vez, al terminar, llena de Rafael Liévano como del aura de sus sueños, se había separado de él para sugerir lo que sus caricias y sus recuerdos desmentían: que había reincidido por accidente, en un momento de locura que no debía repetirse.

—Estás loca, Gonzalbo —decía Rafael Liévano, deportivamente resignado a los ciclos de besos y rechazos de Leonor.

Algo profundo en ella, algo que tomaba la forma de una teoría sobre la naturalidad deseable de los hombres, la inducía a ese juego de la aceptación y el rechazo, como si repudiara la noción de una entrega incondicional que al mismo tiempo deseaba como ninguna cosa en la vida.

—Estás como la loca de Mariana —le devolvió una noche, luego de escucharla, su tía Natalia, con la feroz y dulce lucidez que salía a veces como un rayo de entre las brumas de su retraso mental. —Bastaba que la quisieran de verdad, para que saliera corriendo. Si hubiera sido pájaro, le habría dado varias veces la vuelta al mundo buscando no dónde comer, sino dónde *no* comer. Yo por mí, la hubiera encerrado en la jaula de los canarios. Vieras que hubiera aprendido a comer donde hay, no donde no hay.

Natalia era una mujer de facciones serenas y soberbias, como todas las Gonzalbo, pero estaba injertada en un cuerpo sin tensión. Vivía en la recámara más soleada de la casa, el cuarto de la terraza cubierta de cristales que daba al inmenso fresno y al jardín que ella había sembrado hasta el desbordamiento con toda clase de árboles propicios a la frecuentación de los pájaros. Había convertido su propio cuarto en un pequeño aviario, una colección de vuelos y trinos sin reposo, cuya alharaca febril era la representación justa del desorden vibrante de su alma. Su habitación, lo mismo que la terraza cubierta de cristales, estaba llena de jaulas de todos tamaños y colores. No salía de su cuarto ni ponía un pie en la planta baja de la casa. Iba de los pájaros cautivos en las jaulas de su habitación a la asamblea de pájaros libres del jardín, y ése era todo su itinerario. Metida en batones romanos o en huipiles yucatecos, Natalia pasaba el día yendo de su habitación a la terraza, de una jaula a otra, hablando con los pájaros, parloteando con los pericos, silbando, graznando, gorgoreando, pelando los ojos frente a la guacamaya, poniendo alimentos en una jaula, lavando los desechos de la otra, cambiando fundas, repintando barrotes, dirigiendo su loca orquesta en cautiverio con un interminable fluir de música que corría a todo volumen desde el aparato de sonido en una mezcla tan atrabiliaria de ritmos y géneros como la de los pájaros cautivos en las jaulas de su reino. Por las noches, cuando los huéspedes de las jaulas dormían bajo sus fundas y los del jardín bajo el auspicio intermitente de la luna, la bulla de los pájaros continuaba en la cabeza de Natalia, cortejando las ceremonias arduas del insomnio y el fantasma ciclotímico de la melancolía.

Hasta ese reino alado se deslizaba casi todas las noches Leonor a compartir la locura infantil de su tía, trayéndole a veces deliciosos contrabandos de dulces —postres y chocolates que la abuela

Filisola prohibía para contener el avance de la obesidad en el cuerpo sin riendas de Natalia— o el más codiciado sorbo de coñac, ordeñado con tacto a la botella de la que cada noche se escanciaba Ramón Gonzalbo. A comer dulces prohibidos y a sorber el furtivo coñac, pero sobre todo a compartir la infancia detenida, se reunían con frecuencia en esa habitación Leonor y Natalia. Y soltaban sus propios pájaros en un arroyo de conversaciones sin edad ni preceptiva.

—¿Qué quieres decir con que Mariana no comía donde había? —quiso saber Leonor. —¿Quieres decir que no se dejaba querer?

—Si me la hubieran dejado a mí, yo le hubiera enseñado —dijo Natalia. —Yo le enseñé al perico de Oaxaca a decir su nombre. A Mariana, la hubiera metido en una jaula grande. Pero de alambre, para que no pudiera sacar la mano por los barrotes y arañarme cuando pasara. Y le hubiera dicho: "Las buenas niñas comen donde hay, y las Gonzalbo dan las gracias cuando acaban de comer." Sus buenos palmetazos le hubiera dado en las nalgas, que bien redondas y duras las tenía. No como tu abuela, que ya se le cuelgan en la regadera.

—¿Viste a la abuela en la regadera? —preguntó Leonor.

—Después de que estuvo con el abuelo, bien que la vi —delató Natalia, señalando hacia la puerta de la habitación con un índice admonitorio.

—¿Después que estuvo dónde? —preguntó, divertida, Leonor.

—Después que estuvo jugueteando con el abuelo, la vi —dijo Natalia, como si impartiera un regaño. —En pelotas los dos y jugando a que luchaban, como si el abuelo no le ganara. La dejó ganar. Y luego se fue a la regadera y ahí la vi, que ya se le cuelgan las pompas, no como a Mariana ni como a tu mamá, que tenía las pompas más grandes que todas. Tú sacaste nada más la mitad y mira qué pompas tienes. Imagínate las de tu mamá.

—Cuéntame de Mariana —pidió Leonor.

—Si hubiera sido pájaro hubiera sido paloma, como esas palomas torcazas que tengo en la jaula verde —dijo Natalia. —Ah qué cabronas esas palomas. Si les dejas su hijo recién nacido, el palomo se le va a picotazos hasta que lo mata. No quieren competencia los cabrones, ni de sus hijos. Y las palomas, les corren todos cuando las ven venir. No sé de dónde sacan esa idea de la paloma de la paz. La paloma de la guerra será. Sólo enjauladas están en paz. Y así digo yo que le hubiera pasado a Mariana, que me la hubieran dejado en una jaula y verás que yo la hubiera educado como a esas palomas que ahora comen hasta de mi mano.

—¿Pero a quién le hacía la guerra mi tía Mariana? —dijo Leonor. —¿Con quién se peleaba?

—Conmigo no, así que yo no sé —dijo Natalia. —Yo lo que recuerdo es que tenía unas nalgas duras y redondas, aunque no tan grandes ni tan redondas como las de tu mamá.

—No sabes nada, tía —le dijo Leonor. —Ora sí que no sabes ni dónde tienes las nalgas.

—Yo las tengo en su lugar todavía. No como tu abuela que el otro día la vi que se le cuelgan en la regadera.

—Ya me dijiste eso —recordó Leonor.

—Pero es que la vi —justificó Natalia.

—Pero ya me lo dijiste.

—Pero la vi.

—No estoy diciendo que no la viste.

—Pues si me lo dijeras serías una tonta, porque sí la vi. Se fue a bañar después de que estuvo jugando con el abuelo. Los dos en pelotas.

—Ya me lo dijiste, tía.

—Te lo repito porque los vi.

—Voy a traerte unos chocolates de abajo —se rindió Leonor.

—Pero que no tengan relleno —demandó Natalia. —Odio el relleno. Escarban el chocolate y le meten relleno. ¿Por qué dicen después que son chocolates? Debían decir: es relleno con una capita de chocolate escarbado.

—Estás completamente loca, tía.

—Vaya noticia —dijo Natalia. —Hasta crees que se puede otra cosa en la familia.

—¿Se puede? —dijo Leonor torciendo las piernas, bizqueando los ojos, colgando la boca, encogiendo los brazos poliomelíticos, adelantando la voz de lela: —¿Tetendremos sasalvación?

Oyó la risa incontinente de Natalia celebrando el eterno gag que le brindaba como un salvoconducto para salir un tiempo de la cinta de Moebius en la que vivía detenida, sin tregua ni tiempo, amorosa y circular, su tía Natalia. Leonor bajó adonde había dicho, trajo los chocolates que esperaba Natalia, y los comieron sin hacer caso del relleno, hasta llenarse de su compañía.

VI

Alina Fontaine apareció en el horizonte tal como era, suave y discreta, oportunamente.

—Es una amiga de la escuela de Mariana —le explicó Cordelia a Leonor, por el teléfono—. Apareció de pronto, luego de diez años. Está igualita la pobre. Para mal, porque nunca fue lo que se dice un regalo. Pero fue muy amiga de Mariana antes de que entrara a la universidad. Le dije que irías a verla y te va a esperar el jueves. ¿Puedes ir el jueves?

Leonor apuntó una dirección en las afueras de la ciudad, sobre el pueblo de Cuajimalpa, y llamó a Rafael Liévano:

—Necesito que me lleves a un lugar el jueves.

—¿Quiere decir que me amas? —dijo Rafael Liévano.

—No —respondió Leonor.

—¿No quiere decir que estás muerta de amor por mí?

—No —dijo Leonor.

—¿Entonces por mí y por mi pito? —preguntó Rafael Liévano.

—Tampoco —respondió Leonor.

—¿Por mi pito solo? —preguntó Rafael Liévano.

—Por eso menos que por nada —dijo Leonor.

—Si no estás muerta por mí ni por mi pito, ni por mi pito y por mí, entonces ¿qué quiere decir tu llamada? —quiso saber Rafael Liévano.

—Quiere decir que necesito un chofer, idiota.

—Eso no quiere decir —recusó Rafael Liévano.

—¿Entonces qué quiere decir? —preguntó Leonor.

—Quiere decir que eres mía, Gonzalbo —dijo Rafael Liévano. —Y que el jueves te voy a besuquear como Dios manda.

—Si me dejo —advirtió Leonor. —¿Puedes llevarme o no?

—Se me está parando de sólo pensar que puedo —dijo Rafael Liévano.

—¿Que puedes qué, baboso? —lo retó Leonor

—Que puedo ser tu chofer el jueves, Gonzalbo. Es todo lo que necesito. Subirte a un coche, sentarte en mis piernas, quitarte los zapatos, chupar tus calcetas.

—Yaa.

—¿Me amas, Gonzalbo?

—No.

—¿Te acuerdas de mí?

—No.

—¿Se te para cuando piensas en mí?

—No, baboso —se rió Leonor.

—A ti no se te para, tienes razón —dijo Rafael Liévano. —Al menos no como se me está parando a mí de haberte oído.

—Será de haberte sobado.

—De haberte oído, de pensar que me estás hablando al oído, de imaginarme tu lengua en mi oreja quitándome la cerilla.

—Yaa.

—¿El jueves, dijiste?

—El jueves —confirmó Leonor.

—Déjame ver mi agenda. ¿El jueves a qué horas?

—A las cuatro —dijo Leonor.

—A las cuatro no puedo. Tendría que ser antes. Al diez para las cuatro. ¿Está bien para ti al diez para las cuatro?

—Está bien —dijo Leonor.

—Entonces, al diez para las cuatro estoy por ti —prometió Rafael Liévano.

—Eres un baboso —dijo Leonor.

—Tu baboso —dijo Rafael Liévano. —Te mando un beso aunque sea en la boca.

—Adiós, baboso.

—Adiós, mi amor.

La casa de Alina Fontaine era una cabaña de facha rústica levantada en medio de un pequeño bosque, junto al predio gigantesco de la escuela que Alina dirigía y poseía. Pese al aire señorial de la fachada y la amplitud aristocrática del umbral, Alina misma salió a abrir la puerta de su casa.

Era una mujer delgada, castaña, con un pelo lacio y maltratado que caía sin un solo rizo sobre sus orejas. Tenía los ojos cafés, casi amarillos, las pestañas rubias, casi albinas, la boca y la nariz delgadas, la tez pálida con una capa de vello invisible, dorado, sobre las mejillas, y ni una gota de maquillaje sobre el alarde de voluntariosa naturalidad que era su rostro. Vestía un traje sastre de cuadros que era una versión estilizada del uniforme de su escuela, la escuela bilingüe que ella había inventado y sostenido, a imagen y semejanza de la que cobijó su adolescencia con Mariana en México y del internado suizo que la había recogido en los veranos de su infancia.

—Espérame afuera —le dijo Leonor a Rafael Liévano, cuando Alina les franqueó la puerta.

—Tómate tu tiempo —concedió Rafael Liévano.

—¿No quieres pasar? —preguntó Alina Fontaine.

—Tengo instrucciones de caminar por el bosque —respondió Rafael Liévano y la emprendió hacia el sendero de encinos que escoltaban la casa.

—Es un encanto tu amigo —le dijo Alina a Leonor cuando llegaron al salón de emplomados que miraba al bosque por donde se perdió Rafael Liévano. —¿Dónde te lo conseguiste?

—En la escuela —dijo Leonor. —Bueno, en realidad, en una fiesta en su casa.

—Es un encanto —repitió Alina. —Fuerte. Y como muy hombre ya. ¿Qué edad tiene?

—Diecinueve —dijo Leonor.

—¿Y tú?

—Cumplo diecinueve en agosto.

—El mismo mes de Mariana —recordó Alina Fontaine. —Supongo que ya te lo habrán dicho, pero tengo que decírtelo yo también. Me recuerdas tanto a tu tía Mariana que me dan nervios. Eres idéntica. ¿Te lo habían dicho?

—Sí —dijo Leonor. —Por eso me peino distinto.

—¿Para no parecerte? —preguntó Alina.

—No —dijo Leonor. —Bueno, sí —corrigió, sonriendo. —Mi abuela me dijo que no me peinara como Mariana, porque no quería confundirme con ella.

Alina sirvió los tés en dos esbeltas tazas de porcelana y puso en cada una el resplandor de unas cucharillas de plata.

—Tu abuela quiso mucho a Mariana —dijo Alina Fontaine. —Era su hija favorita. ¿Sabías eso?

—No —dijo Leonor. —Nunca habla de ella. Cuando le pregunto, se sale por las ramas.

—Era su favorita —recordó Alina. —Y nos iba muy bien por eso. Nos llevaba de compras, nos contaba sus cosas, nos dejaba ponernos sus joyas, sus vestidos de cuando era joven. Podíamos pasar una tarde probándonos vestidos. Cuando Mariana aparecía en la recámara vestida como tu abuela veinte años antes, tu abuela se iluminaba. Se quedaba como en vilo viendo a Mariana, admirándola, iluminada por Mariana. Porque Mariana fue guapísima, pero a los catorce años, como que brillaba. Auténticamente estaba floreciendo. Era perfecta y mejoraba por semanas, por días. Hasta por horas. La dejabas de ver esta noche y a la mañana siguiente estaba mejor. Era increíble.

—Eso dicen todos —murmuró Leonor. —¿Tú conociste a Lucas Carrasco, el novio de mi tía?

—No —dijo Alina. —Es decir, lo vi una vez con Mariana, pero no lo traté.

—Cuéntame de él —pidió Leonor.

—¿Qué quieres que te cuente? Te digo que apenas lo conocí.

—Pues eso cuéntame —dijo Leonor. —De la vez que lo viste. ¿Era guapo?

—¿Lucas? No, no era guapo. Era, cómo te diré, *natural*. Natural es lo que era Lucas. Estaba como a gusto dentro de él mismo, como siempre en su lugar. Además era culto, o algo más raro que eso: entendido, como si viniera de regreso de todas las cosas. Yo salí con ellos sólo una vez. Fuimos a tomar vino y queso a un lugar por ahí en Copilco. Tuvimos un lugar apartado, que Lucas había pedido. No apartado, sino en un rincón del restorán. Estábamos rodeados de todo mundo, pero nadie nos veía. Mariana estaba feliz, radiante, como no la vi nunca. Y los dos educados, muy bien, como haciéndonos a los demás el favor de ser tan felices y no demostrarlo. Muy atractivo y muy obvio todo. Me puse a hablar como una loca. Cuando me di cuenta, llevaban una hora escuchándome, escuchando mis necedades sobre por qué la televisión aumenta en vez de reducir el lenguaje de los niños, por qué es mejor que aprendan dos idiomas en lugar de uno desde el inicio de su habla y otras necedades que eran entonces mi locura en materia de educación, mi causa, como la siguen siendo ahora. Cuando caí en cuenta del papel de convidados de piedra que les había impuesto, me paré y dije que iba al baño. No porque necesitara ir, sino porque había estado demasiado tiempo sobre ellos. Bueno, fui, me lavé las manos, conversé conmigo misma, tomé oxígeno, las cosas que hago siempre. Cuando volví, Lucas estaba besando a Mariana. Aunque no sé si eso puede llamarse besar. Estaba, cómo te dijera, sorbiéndole los labios, comiéndoselos en realidad. Y Mariana le estaba haciendo lo mismo a él, sorbiéndoselo, comiéndoselo, no sé cómo decirlo. Me turbé mucho y no supe qué hacer. Tan no supe, que decidí regresar al baño a lavarme y respirar otra vez, y a esperar que se les pasara, y que se me pasara a mí haberlos visto.

—¿Tú piensas que ellos se querían, que la hubieran podido hacer si no se pelean?

—No sé —dijo Alina. —Porque yo no los traté más que esa vez y porque tampoco vi mucho a Mariana, desde que salimos del liceo, nuestra escuela en la prepa. Pero el día que los vi me dio emoción y envidia, porque como te digo, parecían tan metidos uno en el otro, tan mezclados y ganosos uno de otro, que hasta físicamente trataban de comerse. No sé, me acuerdo y vuelvo a reírme. Porque tu tía Mariana fue muy temprana con los hombres. Pero ella estaba siempre como por encima de eso, marcando sus distancias y escogiendo con claridad quién le gustaba y quién no. Podían ser muchos los elegidos y fueron muchos, pero Mariana los escogía con toda, cómo te diría, concentración, como quien escoge ropa en la tienda. Y con todos tenía un enamoramiento, una ilusión, algo que iba más allá de que simplemente le gustaran. Pero con todos también mantenía una distancia, una raya invisible que ninguno pasaba y que hacía a Mariana más atractiva aún de lo que era.

Para los hombres, quiero decir. Las mujeres la odiaban. Despertaba celos y envidias para toda la vida. Yo era su única amiga en el liceo y después creo que tampoco tuvo amigas. Una que otra, pero las mujeres en general no podían verla. Y ella no hacía nada por hacerse de amigas. Su mundo eran los hombres, ahí tenía un reino propio. Nada les gusta más a los hombres que una mujer que a la vez les coquetee y los rechace, como les hacía Mariana. Se vuelven locos por eso. Tu tía era experta en eso, por lo menos mientras yo la conocí, antes de que entrara a la universidad. Bueno, lo que te quiero decir es que no me dio la impresión de que le hubiera pintado esa raya a Lucas Carrasco.

—¿Por qué tronaron, entonces?

—No sé. La gente que se quiere truena por las cosas más inverosímiles. A veces porque se quieren demasiado, porque se exigen demasiado uno a otro.

—¿Pero eso fue lo que provocó la muerte de mi tía?

—¿Qué? —preguntó Alina.

—¿El truene con Lucas?

—No, mi amor. No lo creo —dijo Alina. —Por lo menos nunca lo había pensado.

—¿De qué murió Mariana, según tú?

—No lo sé —dijo Alina Fontaine. —Yo sólo supe que se había muerto. Entiendo que tuvo una embolia, luego de varios meses de estar mal, sin comer, desequilibrada. Pero esa época no me tocó a mí. La última vez que yo la vi estaba perfecta. Llevaba un tiempo de haber terminado con Lucas y estaba sin pareja, lo cual era muy raro en Mariana, pero estaba feliz, terminando su tesis y llena de proyectos. Por eso me sorprendió cuando me llamó Cordelia diciéndome que había muerto. A mí me parecía la mujer más feliz del mundo, la bendecida por el destino. Me sorprende todavía ahora pensar que se murió. *Count your blessings*, dicen en inglés para sugerir que repares en las partes buenas de tu vida, que cuentes las bendiciones que te ha dado la vida. La cuenta de los *blessings* de Mariana parecía mayor que la de ninguna otra gente. Lo tenía todo y lo tuvo todo: amor, belleza, inteligencia, carácter, dinero.

—Pero entonces ¿por qué? —dijo Leonor. —¿Por qué, teniéndolo todo, le fue tan mal?

—A lo mejor por eso —dijo Alina, abandonándose a un tono melancólico. —Porque la vida la colmó de bienes para ahogarla con su generosidad. La felicidad requiere de la desdicha para equilibrarse, para volverse humana. Mira —dijo Alina Fontaine, poniendo de pronto la pálida y fina palma de su mano ante los ojos de Leonor. Leonor miró la palma y mal contuvo un gesto de repudio: la mano de Alina tenía sólo cuatro dedos, y había una horrenda muesca cicatrizada en el sitio del pulgar faltante. Sin dejar de mostrar la palma inhumana, Alina Fontaine explicó: —Perdí el pulgar siendo niña, en un aserradero de papá, en Nueva Orleans. Mi vida ha sido perfecta, generosa, mucho mejor de lo que yo he merecido o conseguido por mí misma. Salvo por ese accidente. Pero la falta de ese pulgar es lo que me ha recordado toda la vida no el pulgar que me falta, sino la bendición de tener el que me queda y todo lo demás que tengo, además del pulgar que me falta. A la vuelta del tiempo, esa desgracia de haber perdido un dedo me ha dado más felicidad que haberlo tenido, me ha dejado ver y contar bendiciones que de otra manera no hubiera visto ni contado. ¿Me explico?

—Sí —dijo Leonor. —¿Pero de qué se murió Mariana, si estaba sana y era feliz?

—No sé —repitió Alina Fontaine. —Pero la diferencia entre el hombre y el mono es que el hombre tiene el pulgar oponible y puede morirse como Mariana, de nada, teniéndolo todo.

—¿Tú crees que hay un destino, una fatalidad? —preguntó Leonor.

— ¿A qué te refieres?

—En mi casa todos creen que la familia tiene mala suerte, que tenemos un destino malo. En especial las mujeres. Y que lo que le pasó a Mariana es parte de esa fatalidad.

—¿Quién cree eso en tu familia?

—Todo mundo, aunque nadie lo dice. ¿Tú crees que existe la fatalidad?

—No —dijo Alina.

—Entonces, ¿por qué se murió Mariana? No hay razón.

—No hay razón —aceptó Alina. —Pero tampoco creo que hubiera fatalidad. Si hubiera pensado eso, no habría dejado de verla tanto tiempo. Pero así es la cosa. Uno no espera que su amiga de la adolescencia muera antes de los treinta años. Uno espera implícitamente que envejecerán juntas y se encontrarán más tarde, felices y satisfechas, viejitas las dos, al final del camino. Ahora voy cada seis meses a dejarle flores al panteón y a conversar con ella. Y eso le digo cada vez: "Pero si tú y yo íbamos a ser viejitas juntas, ¿por qué te fuiste?" No me contesta, desde luego, pero en cierta forma sí. Está conmigo, estoy envejeciendo con ella dentro de mí y está más presente ahora que cuando estaba viva. No sé si me explico.

—Sí —dijo Leonor. Y agregó para sí: "La que no entiende soy yo."

Había anochecido cuando volvieron a la ciudad. Rafael Liévano detuvo el coche una calle adelante de la casa de Leonor, en un recodo solitario de la barranca de Las Lomas, y empezó a besarla.

—Sí —dijo Leonor. —Pero muérdeme.

Rafael Liévano mordió su lengua, sus labios.
—Más —le pidió Leonor. —Cómeme.
Y empezó ella a comerse a Rafael Liévano, tratando de meterlo en su boca, chupando su mentón, su nariz, sus ojos, sus labios, comiéndoselo a sorbos de amor y saliva, tratando de fundirse y perderse en él, como su tía Mariana en Lucas Carrasco.

El sábado siguiente visitó a Cordelia para contarle su entrevista con Alina Fontaine.
—No sabe nada de lo que a mí me interesa —se quejó suavemente. —No sabe nada de la muerte de mi tía. Quiero saber cómo murió.
—Creí que también querías saber cómo era —replicó Cordelia, con un toque de molestia.
—También —dijo Leonor. —Pero Alina dejó de verla cuando tenían dieciocho años, muchos antes de que muriera. Y se reunió nada más una vez con ella y Lucas.
—¿Lucas? —saltó Cordelia.
—Lucas Carrasco —completó Leonor.
—Ya sé —dijo Cordelia. —Lo que me pica es la familiaridad. ¿Cómo que "Lucas"? El miserable de Carrasco, en todo caso. ¿Cómo que "Lucas"? Ni que fuera tu pariente.
—Por un pelito —susurró Leonor.
—¿Por un pelito qué, Leonorcita? —subió el tono Cordelia.
—Por un pelito y resulta mi tío —dijo Leonor.
—¿Cómo que por un pelito? —gritó Cordelia. —¿Pues qué te contó la manca?
—Nada, ya te dije.
—¿Cómo que nada? ¿Qué te contó?
—Me contó de una vez que cenaron juntos, ella con mi tía Mariana y Lucas, y Lucas se le fue a besos a mi tía Mariana.

—¿Y eso qué?

—Nada —dijo Leonor. —Me gustó que se le fuera a besos en público.

—¿Cómo que en público?

—Se le fue a besos en un restorán.

—De plano, no cabe duda, carajo —rechinó Cordelia, bufando levemente, para sí.

—No cabe duda de qué —dijo Leonor.

—No se puede confiar en los chaparros ni en los mancos, carajo —explotó Cordelia. —Mira nomás lo que te vino a contar esta simple: el gran romance de tu tía con el ojete de Carrasco.

—Tú también me lo contaste —recordó Leonor.

—Yo no te conté ningún romance, mijita —resopló Cordelia. —Lo que yo te conté es que Carrasco usó a tu tía Mariana y la destruyó.

—Me dijiste que Lucas, que Carrasco, era muy guapo y natural.

—Te dije que era un gran actor que se la pasaba haciendo como que estaba por encima de todo —precisó Cordelia.

—Y que tenía muy bonito torso —dijo Leonor. —Como de leopardo.

—Yo no te dije eso, Leonorcita —volvió a exaltarse Cordelia.

—Bueno, eso entendí yo.

—Pues no sé a qué escuela vas, pero a este paso vas a salir conque dos y dos son uno y medio.

—¿Por qué te enojas tanto? —resistió Leonor.

—Te lo voy a repetir a ver si lo entiendes —dijo Cordelia, respirando hondo para contener la rabia. —Estamos hablando del tipo que engañó y lastimó a tu tía Mariana. La lastimó a tal punto, que es uno de los causantes de su muerte. ¿Tan preocupada estás por la muerte de tu tía? Bueno, pues la depresión y la locura que le quedó de su "romance" con Carrasco fueron las causas de su muerte. Por eso se abandonó después. Porque no pudo recuperarse de su trato con el miserable de Carrasco. ¿Ya entendiste?

—Sí —dijo Leonor. —Pero ellos terminaron mucho antes de que mi tía Mariana muriera, ¿no?

—Un año antes —dijo Cordelia. —Pero la depresión y la fatiga de tu tía vinieron de ahí.

—¿Se murió de depresión mi tía Mariana? —preguntó Leonor.

—No, se murió de una embolia —dijo Cordelia. —Pero la embolia fue producto de su extrema debilidad y la debilidad fue producto de su depresión y de la falta de ganas de vivir o de las ganas de morirse, como tú prefieras.

—¿Y el culpable de todo eso fue Carrasco?

—El principal culpable, sí —concluyó Cordelia, echando mano presurosa de su caja de cigarrillos. Prendió uno con labios temblorosos, exhaló y dijo, conteniéndose todavía. —Ahora, yo creo que lo correcto es que dejes de hurgar en esas cosas. Hay un aspecto de morbo en tu curiosidad que no me gusta nada. Es más, yo creo que ahí le vamos a parar a esta averiguación tuya. Por lo menos en lo que a mí respecta, ahí lo dejamos ¿Está claro?

—Sí —dijo Leonor. —Pero no entiendo por qué no pueden contarme simplemente lo que pasó.

—Porque estás buscando siempre algo más de lo que pasó —dijo Cordelia. —Y con esa actitud ninguna versión va a satisfacerte. Todo te va a parecer insuficiente. Hasta vas a acabar simpatizando con el miserable de Carrasco.

—Está bien —dijo Leonor. —Pero me sigues ocultando cosas.

—Te dije lo fundamental de lo que pasó. No hace falta saber más, salvo por morbo. Yo misma no sé más, en lo fundamental. Y lo que sé, no estoy segura de que tengas edad para saberlo, para entenderlo, sin hacerte una idea absurda de las cosas. Entonces, por mí, aquí acabamos. ¿Está claro?

—Sí —dijo Leonor.

—No me mires así, que no soy tu enemiga —reclamó Cordelia.

—Que no te mire cómo —murmuró Leonor.

—Así, con ganas de borrarme del mundo.

—No te miro así —dijo Leonor.

—Así me miras —dijo su tía Cordelia.

Esa noche, luego de dar mil vueltas insomnes en su lecho, Leonor bajó de madrugada al comedor donde latía el retrato de Mariana. Abrió las cortinas a la resolana nocturna de la ciudad, y se sentó a mirar, entre las sombras, el efecto de esos brillos en los rasgos de su tía. Sintió su aliento golpear y su sangre, literalmente su sangre, tocar a la puerta de su corazón. Entonces le dijo a Mariana, mirándola como si se mirara a sí misma en un espejo, controlada y firme a pesar de que le temblaba el cuerpo y una onda fría avanzaba por las yemas de sus dedos hacia sus muñecas:

—Tú te suicidaste, Mariana. Por eso nadie habla de tu muerte. Dime la verdad, Mariana, nuestra verdad. No me la niegues.

Pero Mariana se mantuvo en su lugar, a punto siempre de echarse a reír, levemente animada por el fulgor fantasmal que la noche y Leonor agregaban a su retrato.

VII

—Te vi allá abajo, anoche, hablándole a Mariana —le dijo Natalia al día siguiente, cuando entró a visitarla, como todas las tardes. Se lo dijo alegremente, sin mirarla, concentrada en la tarea de cambiar las semillas de la jaula de los pericos australianos. Escuchó el desganado silencio de Leonor, pero no lo dejó extenderse, sino que quiso saber: —¿Qué te dijo?

—Nada, tía, qué me va a decir: es un retrato —respondió Leonor.

—Con los ojos —precisó Natalia, sin despegarse de los quehaceres de su jaula. —Lo que pregunto yo es qué te dijo *con los ojos.*

—Nada, tía. ¿Qué quieres que me diga *con los ojos?*—subrayó Leonor.

—Si no te decía nada, explícame entonces por qué le estabas hablando —litigó Natalia —¿Quiere decir que estás loca? ¿Que le hablas a los retratos? Ni los canarios, fíjate, que son unos idiotas, le cantan a los retratos. ¿Así que tú por qué?

—Ay, tía —se quejó Leonor, dejándose caer sobre la cama. —¿Qué tienen que ver los canarios?

—Los canarios nada. Lo que yo quiero saber es qué te dijo Mariana —insistió Natalia, siempre sin mirarla, metida en la cajita de la jaula, donde sus dedos afinaban distancias y vertían semillas.

—¿Qué me va a decir? —dijo Leonor, haciendo como que se ponía de pie y dejándose caer otra vez, para rebotar,en la cama. —No me puede decir nada. Es un retrato.

—Te vi hablando con ella —porfió Natalia. —¿Estabas hablando o no?

—¡Ay, tía!

—¿Sí o no?

—Sí —admitió Leonor.

—Ahí está —dijo Natalia, sin soltarla. —Quiere decir que estabas hablando con ella. Y entonces o ella te contestaba o estabas hablando sola. ¿Te contestó algo?

—No —murmuró Leonor.

—Entonces estás loca, y hablas sola —concluyó Natalia. —Ven —le dijo después, suspendiendo su labor milimétrica en la jaula de los pericos. Caminó al vestidor, un pasaje forrado de madera abierto junto al baño, donde colgaban sus batones y sus huipiles, como en una boutique. Leonor la siguió, a la vez dócil y enmohinada con su tía Natalia. —¿Quieres saber de Mariana? —le preguntó Natalia, jalando de la parte baja del vestidor una escalerilla. Trepó, abrió una de las hojas altas del armario, sacó una caja de papel maché y le dijo a Leonor: —Aquí está todo lo de Mariana. No falta nada. ¿Lo quieres ver?

—Sí —dijo Leonor, acercándose a tomar la caja.

—Vale un préstamo y un pago —malició Natalia, apartando la caja de las manos de Leonor.

—De acuerdo —dijo Leonor. —¿Cuál es el préstamo?

—La mascada rosa que te regaló el fornido.

—¿Rafael Liévano?

—Ese Liévano —dijo Natalia.

—De acuerdo —dijo Leonor. —¿Y cuál es el pago?

—Un puro del abuelo.

—De acuerdo —dijo Leonor, echando manos a la caja.

—La mascada ahorita y el puro en la noche —dijo Natalia, retirando la caja de nuevo.

—De acuerdo —dijo Leonor por tercera vez, y fue a su cuarto por la mascada.

Volvió con la mascada, la anudó en el cuello de Natalia y miró el brillo ardiente y saciado en sus adultos ojos de niña. Después la besó en las mejillas y la abrazó, incapaz, como siempre, de resistirse al encanto de la nube en que Natalia flotaba, como el más libre de sus pájaros. Tomó la caja y la llevó a su cuarto para abrirla a solas, como quien accede a un tesoro. Estaba repleta de sobres con documentos escolares de Mariana, sus notas y diplomas desde el tercer año de primaria. Había también un rosario y un misal nacarado que quizá recordaban su primera comunión, unas cintas moradas que habría usado alguna vez en el pelo, una zapatilla de ballet reventada por el dedo gordo, y una foto grande, impresa sobre un cartoncillo rugoso, que recordaba a Natalia y a Mariana riendo y mirando a la cámara, en traje de baño, al borde de una alberca, listas para iniciar una carrera. El fondo de la caja le regaló un objeto interesante, una especie de libro impreso en mimeógrafo, con tapas de cartulina marrón, y el logotipo del instituto donde había trabajado Mariana. Su título era **Indigencia del indigenismo. Una bibliografía comentada** y lo firmaban Mariana y un tal Ángel Romano. En la primera página, Romano había escrito una dedicatoria que decía:

Para Mariana, en recuerdo
de lo que aprendimos juntos,
de libros, de nosotros y
de la Mariana que nadie conoce,
aunque todos procuran.
Con todo el cariño de
Ángel

Por la noche, Leonor acompañó a su abuelo en la lectura de los periódicos, robó el puro de Natalia y se lo entregó junto con la caja de papel maché, en la que volvió a meter todo, salvo la edición en mimeo que se llevó a la cama para leer. Leyó la introducción, pero no entendió gran cosa; no pudo acabar ninguna de las páginas que seguían, por que no eran un texto, sino una lista de libros comentados, de modo que en vez de leer, hojeó todo el volumen, saltando desengañada de rechazo en rechazo, hasta que volvió a la carátula y a la dedicatoria, en particular a las palabras, que le parecieron prometedoras, de Ángel Romano: *"la Mariana que nadie conoce y todos procuran"*. Supo que había encontrado algo y se quedó un largo rato saboreando la certidumbre de que, al menos en eso, iba a saltarse a Cordelia.

Casi tres semanas después de que envió la carta a Ángel Romano pidiéndole una entrevista, cuando había perdido la esperanza de una respuesta, llegó el telefonazo de Romano citándola en su cubículo de la universidad, para el siguiente viernes al mediodía. No fue a la escuela, ni dejó que fuera Rafael Liévano, a quien hizo llevarla y esperar en el estacionamiento de la facultad donde Romano trabajaba. Deambuló un buen rato por los pasillos fríos y descuidados del edificio, perdida en escaleras laberínticas que daban a callejones sin salida o a oficinas situadas justamente a espaldas de la que buscaba. Finalmente, guiada por la mueca de una secretaria, caminó por un largo pasillo hasta el cubículo terminal de Ángel Romano.

Romano trabajaba de espaldas a la puerta abierta, encorvado como un orfebre sobre su mesa, escribiendo notas en una tarjeta. No oyó a Leonor, pero pareció presentirla cabalmente, como si tuviera ojos en la nuca, porque apenas asomó, sin quitar la atención de donde estaba, le pidió que se sentara en la única otra silla del sitio, un banco negro, de alambre, tan pequeño que la siguiente talla hubiera combinado en una casa de muñecas. El cubículo era un breve cuadrángulo de tres por tres, y reinaba en su interior un orden pulcro y milimétrico. Cuando tuvo sentada a Leonor en el banco, atrás suyo, Romano le dijo: —No creas que estoy ocupado. Estoy haciéndome el interesante, porque no sé cómo empezar esta audiencia.

Giró entonces la silla para darle la cara y le dijo, sonriendo: —Me ponen muy nerviosos los jóvenes. Pero, en fin, me da mucho gusto verte.

—Gracias —dijo Leonor.

—De nada. Te estuve observando desde que doblaste a tientas por el pasillo —le confesó, risueño y cordial, Ángel Romano. —Me vine entonces a sentar aquí y a hacer como que trabajaba, para que me vieras muy concentrado cuando llegaras. ¿Me viste muy concentrado?

—Sí —dijo Leonor, riendo.

—Pues estaba actuando para impresionarte —admitió Ángel Romano, añadiendo otra hermosa y tranquila sonrisa. —También arreglé el cubículo. ¿Ves cómo todo está en su lugar?

—Sí —dijo Leonor, riéndose también ella ahora, aflojada por la extraña hospitalidad de Ángel Romano.

Romano era gordo, blanco y entrecalvo. Tenía las mejillas rojas, la barba cerrada, y unos ojos grandes de pestañas rizadas, atentas y hospitalarias. Sus gruesos lentes de arillo redondo embonaban sobre el puente de su nariz como en la de un viejo prestamista o un paciente relojero. Había una suavidad femenina en su entonación y en sus gestos, pero no en la mirada, que caía atenta y llena sobre las cosas, como si las desnudara para, a inmediata continuación, disculparlas en la sonriente bondad de sus pestañas.

—Me tardé toda la mañana emparejando los

libros y alineando los papeles del escritorio —siguió Romano. —Pura escenografía.

—¿Por qué? —preguntó Leonor.

—Bueno, alguna vez tenía que arreglar este desastre —dijo Romano. —Y eres mi primera visita en un mes. Además, me has hecho recordar a Mariana. Yo quise mucho a tu tía y la echo de menos. Tu carta me hizo recordarla.

—Quiero que me cuentes de ella —pidió Leonor.

—¿Qué quieres que te cuente? —alzó las manos resignadas Romano. —Ahora hay la mitología de Mariana Gonzalbo. Aquí en el Instituto, quiero decir, entre quienes la conocieron. Pero la conocieron poco. Por la forma en que me preguntas, me doy cuenta de que tú también la tienes idealizada.

—No —dijo Leonor. —Estoy apenas averiguando cómo era.

—Tú dices que no —devolvió juguetona y perceptivamente Ángel Romano. —Pero te puedo apostar que te han dicho mil veces que eres igualita a ella. ¿No es así?

—Sí —admitió Leonor, ruborizándose.

—Ahí está —saltó Romano, cruzando los linderos del amaneramiento. —Y entonces es muy sencillo: te conviene pensar que tu tía era una reina, porque si tú te le pareces, algo de reina tienes también.

—No lo había pensado así —arguyó Leonor, admitiendo, sin embargo, que no lo había pensado de otro modo.

—Lo que te puedo decir es que yo vi a Mariana de otro lado —se aflojó Romano. —Quiero decir: fue mi amiga, no mi novia ni mi amor idealizado o realizado, posible o imposible. Creo que su belleza fue el origen de todos los malentendidos que provocó Mariana. Su belleza transmitía una seguridad a toda prueba. Pero Mariana era una mujer insegura, atormentada como nadie por la mirada de los demás. Tú la veías caminar por estos pasillos, así como caminaste tú, y tenías que decir: "A esta mujer le encanta que la miren, que la cortejen, que la asedien. Camina pidiendo miradas y admiraciones". Pues no. Mariana odiaba llamar la atención, recibir piropos y miradas. Un día sí y otro también, entraba al cubículo que teníamos juntos, allá en el otro extremo del pasillo, y echaba sus libros sobre el escritorio mentando madres: "Me choca cómo me miran. Me choca, carajo. Por qué no se quedan ciegos esos cabrones." "Es tu culpa", le decía yo. "No te das cuenta cómo caminas, moviéndolo todo." "Se mueve", me decía. "No lo muevo yo, se mueve solo." "Pues eso que se mueve es lo que ven", le decía yo. "Pues me choca, carajo", decía Mariana, y tardaba media mañana en olvidarse del último imbécil que se la había comido con la mirada. ¿Ya me entiendes lo que le pasaba a Mariana? —preguntó Ángel Romano.

—Sí —dijo Leonor. —Entiendo muy bien.
—¿Padeces de lo mismo?
—A veces —concedió Leonor.
—Mariana siempre —se hastió Romano.
—Odiaba eso. Fíjate qué contradicción. Ahora mira esta otra: dirías que una belleza así, como la de Mariana, era no inaccesible, pero al menos exigente con sus galanes. Pues no. Conque sólo no la presionaran, a Mariana podía gustarle todo el mundo, y se dejaba llevar de la mano por cualquier detalle. Otro malentendido: el aire de seguridad que brotaba de ella, de su paso, de su frente, de sus espaldas rectas. Se diría que sabía muy bien lo que andaba buscando y que, en materia de amores, por ejemplo, era ella quien escogía. Error. La mayor parte de las veces la escogían a ella y ella accedía a la solicitud

de muchos imbéciles no porque le gustaran, ni siquiera por un gesto o un ángulo interesante, sino por quedar bien.

—¿Por quedar bien? —preguntó, incrédula, Leonor.

—Por quedar bien —repitió Ángel Romano. —Las mujeres de la generación de tu tía Mariana tenían la obligación de quedar bien sexualmente con el mundo. Si no se acostaban con quien se los pidiera, eran juzgadas como unas conservadoras, unas frígidas, qué sé yo. Lo femenino y lo "liberado", como se decía entonces, era irse a la cama con quien lo solicitara, así te pareciera el más imbécil del mundo. Y eso hacían, las muy idiotas, por razones teóricas, porque eso era lo moderno y lo libre. Ahora se usa decir que fue una generación muy "permisiva". Es una manera elegante de decirlo. En el caso de muchas mujeres "permisivas" que yo conocí, más bien puede decirse que fue una generación idiota para sus amores. Pero no sé si te estoy abrumando con todo esto —se detuvo Ángel Romano. —No sé si eso es lo que quieres saber.

—Precisamente eso —lo animó Leonor. —Lo que sabes sobre la Mariana que todos procuraban y nadie conocía.

—Es una buena descripción de Mariana Gonzalbo —celebró Ángel Romano. —Todos la procuraban y nadie la conocía.

—Es una definición tuya —le dijo Leonor. —La escribiste como dedicatoria en un libro que hiciste con mi tía Mariana.

—¿Yo lo escribí? —se alegró Ángel Romano. —Me encanta haberlo escrito. ¿Cuántos años tienes?

—Cumplo diecinueve en agosto.

—¿Te puedo dar un consejo? —se intimó Romano.

—Sí —aceptó Leonor.

—En materia de amores, sigue siempre las razones del gusto. No las de la cabeza, ni las del corazón: las del gusto. Lo que te guste y con quien te guste. Nada más y con nadie más. Te aseguro que no te vas a equivocar.

—Gracias —dijo Leonor.

—De nada. ¿Qué más quieres saber?

—¿Sabes algo de Lucas Carrasco, un novio que tuvo mi tía?

—Sé todo de Lucas Carrasco —alardeó Romano. —¿Qué quieres saber de él?

—¿Cómo era? —dijo Leonor. —¿Qué pasó entre él y Mariana?

—Bueno no sé tanto —recogió Ángel Romano, con ese tono ambiguo, que lindaba por igual el amaneramiento y el entusiasmo. —De Lucas, lo que puedo decirte es que era un príncipe. Y también un mendigo. Una gente con ángeles y demonios. Como todos, quizá, pero en él acentuados porque sobresalía. Estaba muy por encima del promedio, y eso irrita, fastidia. No sé si tú sepas cuál es la peor herencia hispánica que tenemos.

—No —dijo Leonor.

—La envidia —sentenció Romano. —Nos fastidia todo lo que brilla. Nuestro ideal envidioso es la dorada mediocridad que quería el poeta latino Horacio. Todos coludos y todos rabones, como dice el dicho. Bueno, Lucas Carrasco era entonces un imán de las envidias de otros. Por muchas razones. Porque su primer ensayo académico, a los veintiséis años, se volvió un clásico. Porque rehusó la dirección del Instituto a los veintiocho, y otra vez a los treinta y dos. Porque medía uno ochenta y cinco y usaba sacos de tweed, en una facultad donde todo se iba en huipiles, morrales y mezclillas. Porque se llevó a tu tía Mariana. En fin, porque era y es una gente superior al promedio. Pero sobre todo, pienso yo, porque no le daba importancia a nada de eso: ni a Mariana ni a su obra, ni a sus sacos de tweed. Y, la verdad, no había por dónde atacarlo. Entonces, peor. ¿Ya me entiendes?

—¿Pero Mariana no le importaba? —preguntó Leonor.

—Mucho —dijo Romano. —Estaba muerto por ella, o estuvo un tiempo. Un buen tiempo. A lo que me refiero es que, apenas la vio, o apenas se vieron, Lucas hizo así y Mariana ya estaba al lado suyo, ¿me entiendes? Mientras que en este Instituto, y en el resto de la facultad, había una cola haciendo méritos y cumpliendo mandas por una atención de Mariana Gonzalbo.

—¿Pero entonces cuáles eran las partes malas de Lucas? ¿Por qué dices que era un méndigo?

—Su pecado era y sigue siendo la soberbia —dijo Ángel Romano. —Era incapaz de convivir con la mediocridad o con lo que él juzgaba la mediocridad. Si se aburría, lo hacía sentir soberanamente. Y luego, su vida privada. Corrían todos los rumores sobre él, sobre su vida amorosa. Había mucha gente quejándose de que la había utilizado. Hombres y mujeres, si me entiendes bien. Y las versiones de unas fiestas tremendas en las que decían que iniciaba a sus alumnas.

—¿Las iniciaba en qué? —preguntó Leonor.

—En la vida, como se decía entonces —exclamó Ángel Romano, riendo complacido para sí y alzando los brazos para la galería. —Mira, Lucas era y debe seguir siendo un hombre rico. Heredó de su padre una fortuna y una casa enorme, una de esas casas donde podían aparecerse fantasmas y celebrarse misas negras, ¿ya me entiendes?

—No —dijo Leonor. —¿Cómo era la casa?

—Era una mansión de muchos cuartos vacíos y un gran jardín abandonado. Lo único vivo y a la moda ahí era Lucas. Pero se daba el lujo de tener un mayordomo como de película de terror. Pues ahí invitaba a tremendas fiestas donde se fumaba mariguana, se leía a Platón y entraban y salían parejas de las recámaras. De hecho, él no vivía en la casa. La tenía nada más para esas reuniones, a las que invitaba sólo a ciertas gentes. Empezando por sus alumnas bonitas y sus alumnos talentosos. No había otra discriminación. Se dice que se reunían ahí parejas de todo tipo, hombres con mujeres, hombres con hombres y mujeres con mujeres. ¿No te molesta hablar de esto? Pienso si te interesa o si te escandaliza, no sé.

—Me interesa mucho y no me escandaliza —contestó Leonor. —El escándalo para mí es que en mi casa no puedan hablarme de estas cosas. Una se imagina lo peor.

—Bueno, te pido que no me tomes al pie de la letra —dijo Ángel Romano, esforzándose por matizar. —Esto que te digo de las fiestas, no me consta, porque nunca fui. Lucas me invitó varias veces y nunca quise ir. Lo que sí sé es que ese círculo griego de Lucas, como le llamaban, era la envidia y el escándalo de medio mundo. Yo creo que, como casi siempre, la leyenda es más grande que la realidad. Pero, bueno... Me pregunto otra vez si te sirve de algo todo esto. No acabo de entender qué buscas.

—Yo tampoco muy bien —reconoció Leonor. —Es que en mi casa, como te dije, nadie habla de mi tía Mariana, de cómo era, ni de cómo murió. ¿Tú sabes algo de la muerte de mi tía?

—No —dijo Ángel Romano. —Ella había dejado de venir aquí. Se puso muy enferma, según supe, pero nunca pude verla. Y nunca pensé que lo suyo fuera tan grave, la verdad. En ese tiempo, además, yo estuve seis meses en Turín, dando unas clases. Así que no supe gran cosa. La que estuvo cerca de ella todo ese tiempo fue su amiga Carmen Ramos.

—¿Carmen Ramos?

—Una amiga muy cercana de tu tía. ¿No la conoces?

—No —dijo Leonor.

—Pues si te interesan los últimos meses de tu tía Mariana, por ahí debiste empezar —garantizó Romano. —Déjame ver, por aquí tengo un teléfono suyo de hace años.

Buscó en una vieja agenda y le dio el número a Leonor: —No sé si sea ése todavía, pero si no, Carmen es muy amiga de tu familia o por lo menos de una de tus tías, la cantante, no me acuerdo cómo se llama.

—Cordelia —informó Leonor.

—Carmen Ramos es muy amiga de Cordelia —dijo Romano. —Pregúntale a ella.

—Voy a preguntarle —prometió Leonor.

—Hay otra cosa interesante —dijo Romano. —¿Tú sabes que Lucas escribió una novela sobre Mariana?

—No —volvió a rendirse Leonor.

—¿Tampoco te han dicho eso?

—No.

—Bueno, pues Lucas escribió una novela —siguió Romano. —Carmen debe tener un ejemplar. Es una novela rara, una edición de autor que Lucas imprimió y regaló sólo a unas cuantas gentes. Dejó de circular hace mucho y ya no se encuentra. Buena parte de lo que está ahí es cierto y otra es inventada. Yo tenía mi ejemplar de esa novela, pero lo perdí en una mudanza, junto con mis libretas de notas y otras cosas. En esa mudanza perdieron la única caja que me importaba . Es lo que suele pasar en la vida: sólo se pierde lo que te importa de verdad; de la pérdida de lo demás, ni te das cuenta. Bueno, ahora vas a disculparme porque tengo que dar una clase.

—Sí —dijo Leonor. —Voy a buscar a Carmen Ramos y la novela. ¿Puedo volver a verte cuando sepa algo más?

—Aunque no sepas —le pidió Romano, pasándole el brazo sobre los hombros. —Ven cuando quieras. Sirve que pongo en orden mi cubículo.

Caminaron juntos hasta el final del pasillo. Antes de decirle adiós, Romano miró a Leonor con sus grandes ojos inteligentes y profundos.

—Me dio gusto verte —le dijo, y la atrajo hacia él para besarle la mejilla. —Y me dará gusto volverte a ver. Llámame cuando quieras, si crees que puedo agregar algo.

La miró entonces como si la recordara, como si una memoria antigua, a la vez dolorosa y radiante, persiguiera la imagen de Leonor por los ojos mirones y risueños de Romano. Sin decir palabra, volvió a acercarla y la besó otra vez en la mejilla. Leonor supo que la había besado a ella tanto como al recuerdo vivo, recién desenterrado, de Mariana.

VIII

Le llamó por teléfono a su tía Cordelia y le dijo a bocajarro:

—Ya sé de Carmen Ramos. ¿Por qué me la ocultaste?

—¿Quién te contó de Carmen Ramos? —saltó su tía Cordelia, irritada más que sorprendida, al otro lado del teléfono.

—Eso no importa —descontó Leonor. —Lo que importa es que me ocultas las cosas tú también. Me mandas con la amiga que no sabe y me ocultas a la que sabe. ¿Por qué?

—Ya te dije por qué —regresó, empezando a incendiarse nuevamente, Cordelia. —Porque eres una escuincla babosa y no sabes ni en qué te estás metiendo. Además, no sé si te acuerdes que tú y yo estamos peleadas. Pero ya que me hablaste, me vas a oír. Espérame en tu casa mañana sábado por la tarde, porque me vas a oír.

No la esperó. Para la tarde de ese sábado había acordado una escapada con Rafael Liévano a oír música y soltar vapor, palabras que en el código de sus secretos querían decir, simplemente, incurrir en amores. Hacia sus amores marchó, sin mirar atrás, dos calculados días después de su regla y de darle un beso en la frente a su abuela, después de la comida.

Tomaron rumbo a casa de Alina Fontaine, pero se desviaron antes, en la rampa propicia de uno de los hoteles de paso alineados sobre el lindero boscoso de la carretera. Se recluyeron ahí, luego de los trámites impersonales de pago y el tortuoso registro de una mirada calculándolos demasiado jóvenes.

Tuvo un orgasmo azul. Se prendió a Rafael Liévano para dárselo a gritos. Mientras gritaba, derramándose, vio las nalgas azules de Natalia, acariciándose en la regadera; vio una playa radiante donde pescaban, imposibles y azules, dos pelícanos; vio el vello disciplinado del pecho de su abuelo y a su abuela desnuda, recibiéndolo en su sexo azul; vio a Cordelia esperándola en su casa, azul de rabia, burlada por su ausencia; vio el torso de leopardo de Lucas Carrasco, y el rostro siempre esfumado, distante y amoroso de su padre; admitió un horizonte de montañas azules, un camino de cabras perdidas en el monte, y el fulgor de la luna traicionera, redonda, misteriosa, en el conato azul, incierto e imprevisible de su vida.

Al despertar, supo que había llorado en sueños. Estaba encima de Rafael Liévano, que la mecía con su respiración y también dormía. Se bajó de Rafael Liévano para tenderse a su lado, cuidando de no despertarlo. Miró en escorzo las líneas de sus piernas duras y oscuras, junto a las suyas, castañas y onduladas. Lo atrajo a su pecho un rato hasta que la vencieron las ganas de mirarlo más. Lo miró parte por parte, el amplio pecho lampiño y los musculillos del abdomen, sus manos ásperas, de uñas duras y sucias; sus orejas separadas pero redondas y armoniosas; y su ombligo liso, sabiamente anudado por alguien, al final de un camino de vellos que subía como una crin del pubis bien poblado.

El miembro de Rafael Liévano reposaba echado a la izquierda, con una lágrima de semen en la cima. Leonor lo alzó para mirar dónde nacía. Vio un confuso bastidor de pelos y pellejos circundando la bolsa oscura de los testículos. Puso una mano bajo los testículos, como para exhibirlos en una patena, y los sintió moverse en su palma, levemente, acomodándose con risueña pereza a su nueva condición. Quiso verlos de cerca y se hincó frente a ellos. Levantó el miembro de Rafael Liévano con la mano izquierda, el pulgar y el índice a manera de una pinza quirúrgica, para que no estorbara su inspección. Con la otra mano extendió la piel corrugada de los testículos, la piel extrañamente cuadricular y a la vez rugosa, como una superficie de terracota, y la sintió lisa y tersa, como ninguna otra parte del cuerpo.

Los testículos de Rafael Liévano volvieron a moverse. El testículo izquierdo hizo una especie de maroma en su bolsa y se replegó, tímidamente; el otro pareció temblar, inquietado por el movimiento de su gemelo. "Están vivos", se sonrió Leonor. Vio que el testículo retraído volvía a su sitio dando otra maroma, mientras su vecino emprendía una circunvolución similar, aunque menos pronunciada. Pensó que tenían vida propia, como dos conejos recién nacidos que ensayaran sus primeros pasos.

—Falta la música —le dijo a Rafael Liévano, cuando él abrió los ojos. Volvió a montarlo. Media hora después, jadeante y casi desmayada, repitió, mientras le hurgaba las orejas con el índice y los ojos con la sonrisa: —Falta la música, baboso. Prometiste llevarme a la disco.

—Prometí, pero me acabé el dinero en el hotel —confesó Rafael Liévano.

—Pues improvisa —le exigió Leonor.

—Puede que nos alcance para entrar —calculó Rafael Liévano.

—Conque nos alcance para entrar está bien —dijo Leonor.

La disco empezaba por la tarde, temprano, pero eran casi las ocho cuando salieron del hotel. El dinero sobrante les alcanzó para entrar, como había previsto Rafael Liévano, aunque sólo para eso. En el estruendo y la intermitencia relampagueantes de las luces, sobre las manos alzadas y los cuerpos frenéticos de la pista, alcanzaron a ver una mesa donde bebían y manoteaban dos amigos de la escuela.

—Ya estuvo, ellos me prestan —le gritó en el oído Rafael Liévano, encaminándola a la mesa.

Los amigos bebían aparatosamente, del cuello de una botella de coñac, sorbos petulantes que alternaban con tragos de anís. Compartían la mesa con otros bebedores, que Leonor no conocía. Saludó a los amigos con besos en la mejilla y a los desconocidos con una alegre mano en alto. Mientras Rafael Liévano gestionaba su préstamo en el oído de uno, Leonor sintió la mirada de los otros, como si la tocaran. La fuerza de ese contacto la hizo voltear y vio al rubio de las cadenas doradas en el pecho, midiéndola con gesto conocedor, como si apreciara ganado. Le dio risa y luego rabia y luego curiosidad, y luego risa de nuevo, y lo miró otra vez, sin enmendar ahora la mirada, jugando a sostenerla todo el tiempo. Sin dejar de mirarla tampoco, el rubio alzó la mano para frenar al mesero que pasaba y le dijo, señalando a Leonor con la cabeza: —Pregúntale qué quiere. Yo la invito.

—Nada —le dijo Leonor al mesero, cuando recibió la oferta, todavía sin quitarle la vista a su invitante.

El rubio vino entonces hasta Leonor para sacarla a bailar. "¿Es posible que me guste este baboso?", se dijo Leonor, rehusándolo con una sonrisa despectiva que era sin embargo una forma de aceptación.

—No tienen dinero —gritó Rafael Liévano en el oído de Leonor.

—¿No tienen qué? —preguntó Leonor, vencida por el estruendo, desentendiéndose del rubio de las cadenas.

—Dinero —repitió Rafael Liévano. —No tienen dinero que prestarnos.

—Siéntense con nosotros —dijo el rubio a Rafael Liévano, como si lo hubiera oído. —Tenemos lugar.

—Siéntate, Liévano —refrendó uno de los amigos y se puso de pie, ya un tanto ebrio, tambaleante. —Déjame bailar con la Gonzalbo.

Leonor asintió con un guiño a la mirada de Rafael Liévano y se fue con el amigo hacia la pista tumultuaria. Bailaron mezclados, cambiando parejas sin proponérselo, frotándose con otros sin proponérselo, hasta que sintió dos manos tomándola de las caderas por la espalda con toda intención. Volteó sin perder el paso y vio al rubio de las cadenas, desafiante y sobrado frente a ella. "Conmigo", le dijo, jalándola del brazo. Leonor se zafó y de dos brincos se puso atrás de otra pareja, buscando a la suya, que estaba perdido a unos metros, concentrado en su baile solipsista. Se corrió hasta él, pero al dar un giro topó de nuevo con el rubio de las cadenas que esta vez la recibió con un abrazo y un beso en el cuello. "Qué te pasa", le dijo Leonor, rechazándolo. "Me pasas tú", dijo el rubio y la jaló de nuevo para besarla en la boca. No pudo reaccionar, cuando reaccionó ya había sentido el tirón en el brazo y Rafael Liévano estaba sobre el rubio de las cadenas golpeándolo en el piso. En medio de los gritos, llegaron dos guardianes y detuvieron a Rafael Liévano. Lo pusieron contra un barandal de la pista y le dijeron: —Te calmas, chavo. Y te vas. Este lugar es para hacer amigos. Si quieres madrazos, afuera.

Rafael Liévano tomó a Leonor del brazo y echó a caminar, con Leonor a remolque, hacia la puerta.

—Estás loco, qué te pasa —alcanzó a balbucir Leonor, cuando cruzaron el vestíbulo.

—Si quieres andar con otro, órale —le gritó Rafael Liévano caminando adelante de ella, sin voltear a mirarla. —Pero no enfrente de mí, ni el día que saliste conmigo.

—No quiero andar con otro —dijo Leonor, molesta por las miradas que los marcaban al pasar.

—Que te guste otro, de acuerdo —repitió Rafael Liévano. —Pero no el día que que sales conmigo.

—No me gustó. ¿Qué te pasa? —dijo sin convicción Leonor, ya camino al coche, en el estacionamiento. Entonces oyó los trompicones a su espalda y vio pasar sobre su hombro una sombra que cayó sobre Rafael Liévano y rodó con él por el suelo. Cuando acabaron de rodar, Rafael Liévano quedó encima, pero llegó otro y lo pateó en las costillas. Leonor se aferró a la cintura del pateador y lo apartó unos metros, pero llegó un tercero que golpeó a Rafael Liévano en la nuca, derribándolo de nuevo. Era el rubio de la cadenas. Leonor recibió un golpe en la oreja y cayó sobre el cofre de un auto, cuando su detenido se zafó de su abrazo. Los tres agresores, de pie, rodearon a Rafael Liévano y empezaron a golpearlo con los puños.

—¿Quieres más? —oyó que le gritaban, mientras el rubio lo pateaba en las nalgas. Leonor empezó a gritar.

—Tú cállate —le dijo el rubio, como si fuera suya.

Pero Leonor siguió gritando hasta que acudieron los guardianes de la disco. Detuvieron a los agresores y pusieron de pie a Rafael Liévano contra el flanco de un coche.

—¿Estás bien? —le preguntó uno, revisando su rostro en busca de heridas. Rafael Liévano no contestó. Tenía rota la camisa y lastimada una oreja.

—Te la buscaste —le dijo el guardia. —No tienes nada.

—No —dijo Rafael Liévano.

—Llévatelo —le dijo el guardián a Leonor. —No pasó nada.

—Ustedes los protegieron —dijo Leonor, iracunda.

—Protegimos a tu galán —le dijo el guardia. —Llévatelo en paz, ándale.

—Le pegaron por la espalda —acusó Leonor.

—No fue nada. Mañana ni se acuerda —dijo el guardia.

—Pero me voy a acordar yo de ustedes —dijo Leonor.

—No amenaces, chiquita. Llévate a tu galán, ándale. Y vuelvan cuando quieran. Preguntan por mí, Benjamín, y yo los cuido todo el rato.

Rafael Liévano empezó a caminar hacia el coche, desentendiéndose del alegato de Leonor. Un dolor en el costado lo paralizó al abrir la puerta.

—¿Te duele? ¿Quieres que yo maneje? —preguntó Leonor.

Rafael Liévano negó con la cabeza, pero se detuvo a tomar aire un segundo antes de meterse al coche. Ya adentro los dos, esperó otro rato en silencio antes de prender la marcha.

—Son las diez y media. Te llevo a tu casa —le dijo a Leonor.

—No quiero ir a mi casa —dijo Leonor.

—¿Qué quieres, entonces?

—Lo que tú quieras.

—Quiero largarme de aquí —dijo Rafael Liévano.

Manejó violentamente, como para desahogarse, rumbo a casa de Leonor, pero pasó de largo por la casa buscando las soledades cómplices de las manzanas siguientes, protegidas por árboles y curvas que anticipaban la barranca de Las Lomas. Se detuvo bajo una generosa jacaranda y le dijo a Leonor:

—Pásame la bolsa de la guantera.

Leonor le pasó la bolsa. Rafael Liévano extrajo del fondo un cigarrillo de mariguana. Prendió y aspiró varias veces, para avivar la flama, antes de pasarlo a Leonor.

—No quiero —dijo Leonor.

Rafael Liévano retiró el pitillo que ofrecía y volvió a fumar dejando entrar el humo pleno en su pecho, todavía agitado y tenso. Cuando iba a fumar de nuevo, Leonor pidió. Fumó dos veces. Oyó tronar el pitillo y sintió la brasa quemarle los labios. El humo le rascó la garganta, haciéndola toser, y se le metió en un ojo. Rafael Liévano fumó después su turno, ella el suyo, y fueron alternándose hasta que la bachicha les quemó los dedos primero y las uñas después.

Rafael Liévano prendió el radio y echó su asiento hacia atrás. Leonor echó también el suyo, se inclinó sobre Rafael Liévano y le desabotonó la camisa sobre el pecho lampiño hasta descubrirle las costillas. En el costillar derecho había un rayón cárdeno con un borde morado que empezaba a crecer. Leonor puso la mano ahí, la misma mano que había puesto horas antes en los testículos de Rafael Liévano, y creyó sentir a través de la herida, como en una radiografía, todo el fluido del cuerpo de Rafael Liévano, sus circuitos alámbricos y sus líquidos eléctricos chocando, acelerándose, fluyendo, acudiendo a su mano y a la herida para restituir y curar, aliviar, perdonarla.

Tenía la boca seca, la lengua seca y el alma seca, drenada de culpa por los golpes dados a ese cuerpo que amaba y ahora conocía como ninguno, a través de sus heridas. Puso la oreja sobre el pecho de Rafael Liévano y lo oyó palpitar, resonante como un tambor, y respirar como un fuelle, y crecer como un mapa vivo, agregando colinas y cañadas sobre la planicie morena de la piel que se perdía en el confín remoto del ombligo. Supo que estaba, deudora y diminuta, adscrita al único país del pecho de Rafael Liévano, parásita de su inmensidad, esclava de su geografía inabarcable.

IX

Como una niebla que viene a pasos lentos del mar, la invadió poco a poco el recuerdo de sus padres. No habían estado en ella bajo la forma huérfana del dolor, atrapados en alguna colección de escenas subrayadas por la ausencia. Eran algo más próximo y más vago a la vez, semejantes al hábito y a la sucesión de los días, como la sombra de la nariz siempre presente y siempre insustancial bajo los ojos, o la humedad de la saliva, siempre con sabor y siempre neutra en el laberinto abierto de la boca. Su pérdida había sido un remolino y luego un pasmo del que los años no la habían sacado para hacerle ostensible la verdad llana y dura de su pena. Había vivido en ese limbo amigable, asomándose sólo por momentos al abismo que estaba detrás, serena, en cierto modo cómoda dentro del celofán que aplazaba la revisión de los escombros.

Una noche, poco después de su cumpleaños diecinueve, soñó largamente que entraba con Rafael Liévano en una gruta ceremonial, un espacio húmedo y dorado del que fluían hacia ellos espigas de agua y miradas aprobatorias. Iban al frente de un cortejo, en el inicio ritual de la fiesta, y avanzaban, celebrados dulcemente, como flotando en la atmósfera fresca de la gruta, propicia a la tersura de la piel y a las ganas de viento del cabello. Atrás marchaban los otros, sus tías y sus abuelos, Ángel Romano y Alina Fontaine. Pero sobre todo sus padres, seguros y protectores, vigilando los flancos escarpados del sendero y sus pasos dichosos en la marcha triunfal.

Al doblar un recodo, sin embargo, Leonor se topaba también con sus padres entre el público. Miraban satisfechos la escena desde el más allá, tomados de la mano, conformes y lejanísimos, radiantes en el fulgor angélico e insoportable de su amor.

Despertó bajo aquella mirada, ahogándose en el terror de haber perdido algo esencial de su espalda, un ala o un pulmón, el cartílago invisible de aquel par de fantasmas que hasta entonces habían sido parte sedentaria de su vida y empezaban a ser una zona erizada de su memoria. A partir de aquel sueño, sus padres subieron desde el limbo en que vivían, a retazos, cada uno más irremediable y melancólico que el anterior, reclamando su sitio en el pasado, cantando la enormidad de su ausencia, la seriedad de su muerte.

En el recuerdo fracturado de sus padres, acabaron imponiéndose tres o cuatro imágenes que al final parecieron cifrarlo todo. Una fue la mano callosa de su padre, la enorme mano de dedos gordos, palmas abultadas y uñas planas, como esmaltadas por el uso, que se acercaba a su oreja una y otra vez, infinitamente, para acariciarla y contenerla en una sola superficie ruda y tierna. Otra, fueron los ojos acuosos de su madre, como si lloraran o hubiesen llorado, más verdes y limpios por esas lágrimas, más diáfanos en la amorosa juventud de sentimientos esenciales que emitía el óvalo de su cara rechoncha y sonriente, bien dispuesta a la vida, al amor, y a la glotonería de los chocolates negros que nunca faltaban en la sobremesa. Una más: la puerta cerrada sobre el pasillo oscuro en el que aparecía su padre, envuelto en una túnica precipitada, para alzarla y consolarla de su llanto, y ponerla contra su pecho desnudo, cuyos pelos mojados entraban en su boca.

De todos aquellos restos imperiosos fue quedando en primer plano el de su madre diciendo que no volverían a ver a sus abuelos. Tenía, al decirlo, una cinta en el confín de la frente amplia, los ojos bien abiertos en su cara encendida, recortada contra un horizonte verde de lluvias y casuarinas. Ese recuerdo no tenía fecha, pero debía ser de cuando sus padres resolvieron cambiar de vida, devolvieron la buena casa y el mejor trabajo que el papá de Leonor había recibido de Ramón Gonzalbo y se mudaron a un edificio que olía a caño, en una colonia de medio pelo donde se iban sin descanso el agua y la luz. Aquel edificio y aquella colonia estaban atados en la memoria de Leonor a la inmensidad vacía, protegida y dichosa de la infancia.

Era la inmensidad de un país duro, recalcitrante. No podían tener macetas en el balcón de la calle sin que las rompieran a pedradas los vagos del rumbo. Las macetas de helechos y flores, que eran la necesidad vegetal de la madre de Leonor, terminaron simulando dentro del departamento un modesto pero altivo jardín, refugio de sus ánimos de primavera contra la sequedad ambiental. No había sirvientas, ni otros lujos que los de la alegría contagiosa de su madre, siempre inventando mejoras, dispuesta al gozo infinito de los detalles, y siempre con su hija trotándole al lado, como una cría silvestre que gravitaba libremente en la órbita del amparo materno. Se recordaba en esa bolsa invisible, junto a su madre, todas las horas del día, del despertar a la noche, pasando por el colegio y el mercado, la comida y la tarea, la hora de planchar y la hora de dormir. La huella de aquellos años era un paquete de amor de mujeres en el que a veces entraba su padre, velludo y besuqueante, para cerrar un círculo de complicidades sin fisuras.

No recordaba, pero le habían contado de aquella época los empeños laborales poco exitosos de su padre, la insistencia del suegro en tentarlo con trabajos para suavizar el repudio de su hija, los vanos intentos de conciliación de Cordelia y el cable electrizado, tenso como una amarra de barco, que corría de su abuela a su madre en el duelo de voluntades que las separó por años, sin que cedieran al ensayo de un mensaje, un cariño, un parpadeo de tolerancia o perdón.

—Ahí empezó todo a ir mal o siguió yendo mal en esta familia —le dijo Natalia, una noche de pájaros particularmente bullangueros en su frente. —De ahí murió Mariana y de ahí se quedó seca tu abuela y castigado tu abuelo.

—Mariana se murió antes de eso, y mis abuelos son tus papás —la reprendió Leonor.

—Fueron mis papás por accidente, como todos —dijo Natalia. —No porque me los haya propuesto o me sienten bien. Pero tú ya los ves ahí como idos desde que se murió Mariana y se fue tu mamá y siguió cumpliéndose la maldición de la familia. Mariana muerta, tu mamá destripada en el coche, yo tarada y ahora tú idéntica a Mariana. Tienen que estar muy compungidos los ancianos: la ven venir clarito.

—¿Qué ven venir? —dijo Leonor.

—La pelotera. La boruca. La mala suerte. La especialidad de la casa. ¿No ves que aquí puras locas y trágicas?

Una noche, aprovechando que su abuela estaba sola bordando en su costurero, concentrada y sin defensas, Leonor le preguntó:

—¿Por qué se pelearon?

—¿Quiénes? —murmuró la abuela, sin levantar la vista del bordado.

—Mis papás y ustedes —dijo Leonor.

La abuela Filisola volteó a verla por sobre los lentes de faena como quien mira un ruido extraño.

—No sé. No me acuerdo.

—¿Fue después de que murió mi tía Mariana?

—Después —aceptó la abuela.

—Estuvieron sin hablarse cinco años —dijo Leonor.

—Casi seis —dijo la abuela.

—¿Y no te acuerdas por qué fue el pleito? ¿Un pleito que duró seis años?

—No quiero acordarme —dijo la abuela.

—¿Tuvo que ver con mi tía Mariana?

—Supongo que sí —dijo la abuela. —Todo tuvo que ver en ese tiempo con la muerte de tu tía Mariana. ¿Por qué sigues escarbando eso?

—He estado pensando en mis papás —dijo Leonor.

—Ya lo sé —dijo la abuela.

—Me he estado acordando de mi mamá diciendo que no iba a volver a verlos a ustedes. Pero no sé el motivo.

—No hay motivo para lo que hizo tu madre —dijo la abuela. —Cortó las amarras y no volvió a buscarnos.

—¿Por qué? —preguntó Leonor.

—En esta casa sólo hay qués, no porqués —dijo la abuela. —Y con los qués nos alcanza. No escarbes más.

Pero los enigmas de sus recuerdos habían empezado a escarbarla a ella y no sabía cómo parar. No sabía cómo apartarse de la noche en que su tía Cordelia vino a despertarla, bañada en lágrimas, y no atinó a decirle que sus padres habían muerto en un accidente absurdo, de modo que ella, Leonor, no lo supo sino hasta que tuvo los ataúdes enfrente varias horas después. Se había quedado a pasar una semana en casa de Cordelia para dar espacio a que sus padres celebraran su segunda luna de miel, la primera de la nueva pareja que eran, a gusto con sus días a la intemperie, sin paraguas protectores. En el loco desconcierto de sus pocos años, la noticia de la muerte de sus padres no fue una revelación, una raya con antes y después, sino una secuencia de actos incomprensibles y llantos mal explicados, hasta que su abuela Filisola la tomó de la cintura, la sentó frente a ella, los pómulos húmedos, las lágrimas corriendo sobre ellos, y le dijo, sin que le temblara la voz, como si el llanto y su garganta fueran por caminos distintos:

—Tus papás se fueron. Y no volverán.

No habían vuelto en efecto, sino hasta ahora que la invadían poco a poco, ansiosos de recobrar el tiempo perdido, y apuntando, como todo en su cabeza desde un tiempo atrás, al enigma pendiente de Mariana. En el camino a ese enigma buscó y encontró a Carmen Ramos. Tardó semanas en hacerlo porque no lo intentó a través del teléfono que Ángel Romano le había dado sino hasta que pudo vencer el bosque de sus propios temores. Por primera vez desde que el retrato de Mariana la ocupó con su secreto, tenía miedo, algo en un lugar impreciso de su estómago le advertía contra la resistente opacidad de ese misterio, su vigor, incluso su elegancia, y el riesgo de que pudiera disolverse en una explicación trivial y sin embargo insoportable, atroz.

Exploró con cuidado aquel bosque de temores adultos, lo combatió con Rafael Liévano los fines de semana y por las noches, a menudo, con los cigarrillos de mariguana y los puros robados al abuelo que quemaban en el balcón de Natalia, de frente al flanco oscuro de pájaros y árboles que la misma Natalia había criado. Una de esas noches, Leonor regresó del balcón envuelta en su propia nube, paralela de la de Natalia, y marcó el número de Carmen Ramos que Romano le había dado.

—Te llama Mariana Gonzalbo —le dijo.
—¿Te acuerdas de mí?

—Me acuerdo perfectamente —dijo Carmen Ramos, sin turbarse. —¿Pero quién eres tú?

Luego de las explicaciones, quedaron de verse una tarde, en el departamento de Carmen Ramos. Esta vez Leonor fue sola, sin el apoyo lateral de Rafael Liévano, ni otro testigo de su miedo que la frialdad nerviosa de sus manos. Carmen Ramos vivía en un edificio art decó de cuatro pisos frente al Parque México, en la colonia Condesa. Su fachada descubría un amplio arco de piedra pulida y una puerta de madera con vidrios biselados. No tenía elevador, la escalera era de granito negro y rosa, con un barandal de hierro forjado. Los pasillos eran oscuros, flanqueados por altos macetones que subrayaban la fijeza inquietante de la penumbra en la caída de la tarde.

En el piso tercero tocó una puerta, oyó los pasos al otro lado taconeando con prisa equivalente a los latidos de su corazón. Perdió el aliento con los tirones del picaporte y, cuando la puerta se abrió, recibió sobre el rostro el cuadrángulo de luz que se extendió sobre su figura, ansiosa de comerse el corredor en sombras. Vio la silueta recortada de Carmen Ramos en ese cuadrángulo, el brillo de una cadena y unos aretes, pero no sus rasgos bajo el casquete de pelo que se alzaba sobre su frente y se derramaba sobre sus hombros como la melena a la vez redonda y geométrica de Mariana.

Inmóvil y deslumbrada, como en un duelo al que debía responder y no sabía siquiera hacia qué rumbo, se mantuvo ahí, detenida en el aluvión de luz, disponible a la inspección de Carmen Ramos. Lo siguiente fue que se supo abrazada, atraída sin resistencia hacia la silueta de Carmen Ramos, y su olor de un perfume dulzón con una hebra de tabaco y otra, más discreta, de sudor, trabajo, y amores recientes. La tuvo unos momentos en ese abrazo, a la vez sorpresivo y familiar. Sintió los pechos grandes y duros de Carmen Ramos junto a los suyos, pequeños pero redondos y firmes, y la abrazó también para sentir su cintura y su espalda embarnecidas, pero aún esbeltas y flexibles.

Finalmente, Carmen Ramos la hizo pasar, esforzándose en decir las cordialidades de costumbre. En su voz inaudible, Leonor descubrió que la ahogaban la emoción y el llanto. Con un brazo sobre la espalda de Leonor y una mano limpiándose el estrago de las lágrimas sobre el rímel, Carmen Ramos la hizo caminar por el pasillo de su departamento hasta la sala, donde volvió a mirarla de frente, sorbió unos mocos, estalló una sonrisa y le dijo, moviendo el rostro incrédulo de lado a lado, mostrándole sus enormes ojos cafés, irritados y felices:

—No lo puedo creer. De verdad eres Mariana Gonzalbo.

Carmen Ramos vivía sola, rodeada de plantas y lámparas de cristal biselado. Había en su casa un aire de sobriedad deportiva, amor por los detalles y elegancia natural; su casa era como una extensión de su cuerpo y de su atuendo, de la facilidad de sus movimientos y la sencillez calculada de las prendas que cubrían sus brazos largos, sus delgadas piernas, los huesos finos y rectos del pecho, la fuerza del cuello delgado que soportaba sin esfuerzo la mata de pelo negro con estrías blancas que la coronaban. Viéndola, Leonor supo que había llegado por fin a la verdadera amiga de su tía Mariana, a su confidente y su compañera, su no competidora, su igual.

X

—En ese tiempo tu tía Mariana vivía un piso arriba de mí —le dijo Carmen Ramos. —Lucas iba y venía. Fue y vino por un tiempo. Los tiempos más felices de Mariana, diría yo. Nos topábamos a cada rato. Yo subía o ellos bajaban, y cenábamos o desayunábamos juntos. Había una excitación constante entre ellos. La excitación que da la felicidad, supongo, que se parece mucho a la de los que toman cuando empiezan a estar borrachos. Todo fluye, son elocuentes y divertidos, se desinhiben, el mundo sonríe a través de ellos o ellos sienten al menos que el mundo les sonríe. Pues algo así. Y las ganas de mostrarse ante los demás, de mostrarles su dicha, ¿me entiendes? Yo recuerdo a Lucas usando una sábana como bata y a Mariana recién bañada, con una toalla como turbante en la cabeza y otra anudada sobre el pecho, recibiéndome a desayunar un sábado a las diez de la mañana. Me recibieron en la cama, con el desayuno servido en la cama, y ellos dos a medio vestir, luego de llamarme varias veces insistiendo en que subiera. Para qué, me pregunté entonces: si están tan a gusto con su intimidad, ¿para qué necesitan terceros? Pues para eso, para mostrar su felicidad, para darle testigos y hacerla durar, supongo. Tenían razón. Ya ves: su felicidad se acabó hace tiempo, pero yo te la estoy contando ahora, de modo que todavía existe. Y va a existir mientras yo la recuerde, ¿sí me entiendes?

—Creo que sí —dijo Leonor. —Pero si eran tan felices, ¿por qué terminaron?

—¡Ah!, eso sí fue por la loca de tu tía —respondió Carmen Ramos, como si alegara. Mejor dicho: como si su respuesta fuera parte de un viejo alegato de cuyos lugares comunes estaba cansada. —Y eso sí no me lo cuenta nadie, porque yo lo vi. Yo fui la que le dije a Mariana que era un error y a mí fue a la que me mandó a freir espárragos. No me lo cuenta nadie.

—¿Qué hizo? —preguntó Leonor.

—Lo cambió en una fiesta —dijo Carmen Ramos.

—¿A quién cambió?

—A Lucas. Lo cambió en una fiesta, se le fue con otro en sus narices. Hay gente enojada con Lucas, que le echa a él la culpa de todo lo que pasó. Pero a mí me consta que Mariana tuvo su parte, y yo la vi ese día de la fiesta hacer su gracia.

—¿De qué gente hablas? —preguntó Leonor.

—Gente, gente —murmuró Carmen Ramos.

—¿Como qué gente? —insistió Leonor.

—Como tu tía Cordelia —cedió Carmen Ramos. — Pero no vale la pena hablar de eso.

—Vale la pena —dijo Leonor. — Yo me peleé con mi tía Cordelia por eso mismo.

—Pues conmigo se peleó hace años. Llegué a quererla mucho, y no creas que no la extraño. Pero ella cree que Mariana fue una santa y que todo le pasó o se lo hicieron. Tú estás muy chiquita todavía para saber ciertas cosas, pero lo que sí te digo es que no fue como dice Cordelia. Mariana era una buena cabrona y, al final, no sé a quién le fue peor, si a ella o a Lucas. Y no sé quién quiso más a quién, porque ésa es la otra cosa que te voy a decir y que hizo explotar a Cordelia de coraje cuando se lo dije: Lucas Carrasco estaba muerto de amor por Mariana. Lo último que hubiera querido es hacerle daño.

—¿Qué pasó en esa fiesta? —preguntó Leonor.

—Te lo cuento —accedió Carmen Ramos. —Pero lo primero que hay que entender es esto, mira: a tu tía Mariana y a mí nos faltaron muchas cosas en la vida, pero nunca galanes que nos persiguieran en las fiestas, ¿sí me entiendes? Y había fiestas a cada rato, largas comidas que terminaban en largas bailadas de todo mundo con todo mundo. Al final, nacían y morían parejas como nacen y mueren conejos. Pero si andabas con alguien, y si ese alguien te gustaba y estabas feliz con él, como tu tía Mariana con Lucas Carrasco, entonces, dime, ¿por qué razón en una de esas fiestas, pasas de bailar con Lucas Carrasco a darte de besos en una esquina con un guapísimo baboso que acabas de conocer? ¿Por qué?

—Por guapísimo —sonrió Leonor.

—No, mi amor: por loca —dijo Carmen Ramos. —Por ociosa, por andar buscándole mangas a los chalecos. Yo la vi y me la fui a buscar al rincón donde estaba con su guapísimo y me la llevé al baño y le dije: "Tú estás loca. Eso no se le hace a un galán, mucho menos al galán que te encanta." "También me encanta el otro", me dijo. "Y Lucas es el mayor defensor de que cada quien haga lo que quiera." Estaba medio borrachita, pero nada que ameritara la barbaridad que estaba haciendo. Le dije: "No, no, no. Esas teorías sólo sirven cuando el otro no te importa. Si estás metida hasta el cuello con otro, como estás con Lucas y él contigo, no se puede hacer lo que quieras. Mucho menos enfrente del otro." "Tú no conoces a Lucas", me dijo Mariana. "Lucas es el rey de la pluralidad." "Te conozco a ti", le dije. "Y lo que estás haciendo es una pose". "¿Pero ya viste a ese galán?", me dijo Mariana. "Está de concurso, Ramos." "Tu galán es tercer mundo comparado con Lucas", le dije. "¡Ah!", me dijo. "Ya entendí qué te traes: te gusta Lucas." "Lucas no sólo me gusta, me encanta», le dije. "Pero me encanta contigo, idiota, y tú con él. No hagas estupideces." "Tú ya estás como mi hermana mayor", dijo Mariana. "Estoy como tu amiga, Gonzalbo", le dije. "Estás regando la mermelada." "Pues me gusta esa mermelada", me dijo. "Y la voy a seguir probando." Eso hizo. Salimos del baño y se fue otra vez con su mono de revista de modas, a reírse y abrazarse y dejarse arrimar a lo oscuro. Me fui en busca de Lucas para distraerlo, pero apenas me vio me preguntó por Mariana. Le dije que no la había visto y me dijo: "Las vi pasar juntas al baño. ¿Qué le estás alcahueteando?" Era como si supiera, como si ya la hubiera visto. "Se quedó por ahí con unas gentes", le dije con la vaguedad adecuada. "¿Unas o una?", me preguntó Lucas Carrasco. "Unas", le dije yo. "Eres buena amiga", me dijo Lucas. "Pero ya la vi en ese rincón. ¿Tú puedes explicarme por qué?." "No", le dije. "No puedo explicarte por qué."

—La hermana mayor que regañaba a mi tía Mariana era mi mamá —acotó Leonor.

—No entiendo—dijo Carmen Ramos, sorprendida por el comentario.

—La que la regañaba —explicó Leonor. —Dijiste que mi tía Mariana te comparó con su hermana mayor porque la estabas regañando.

—Ah, sí —dijo Carmen Ramos. —Se quejaba siempre de eso.

—Pues la hermana mayor de mi tía Mariana era mi mamá —dijo Leonor.

—Sí, mi amor. Ya lo sé —dijo Carmen Ramos. —Es que de pronto me perdí. Discúlpame.

—¿Por qué la regañaba?

—¿Cómo?

—Sí: ¿por qué mi mamá regañaba a mi tía Mariana? ¿Qué le molestaba de mi tía?

—El destrampe, el desorden —dijo Carmen Ramos. —Y las cabronerías de Mariana.

—¿Como cuáles?

—Bueno, como ésa que te acabo de contar. Luego, la colección de galanes. No que fueran muchos, aunque no eran pocos, sino que los levantaba como por hobby, no porque le gustaran, sino porque se cruzaban en su camino, a veces por puro esnobismo, para impresionar a sus hermanas. Por ejemplo, hubo un ejemplar que se consiguió un día recién bajado de la mata, un tarzán acapulqueño que te podías morir al verlo del brazo de Mariana. A veces por caridad, porque no sabía cómo decirle no a uno que le anduviera rogando. Pero la mayor parte de las veces para probarse a sí misma que era libre, que no tenía prejuicios, o algo así. Yo la entendía muy bien, porque padecimos del mismo mal en la misma época. No era una cosa nuestra. Estaba en el ambiente. Era como si confundiéramos el amor con la ropa. Te acostabas con alguien y luego con otro como si te quitaras una prenda y te pusieras otra. A tu mamá esa actitud la sacaba de quicio. Yo nunca hice migas con ella por eso. A tu tía Cordelia le importaba menos, y por eso nos hicimos amigas y lo seguimos siendo luego de que Mariana murió. Con el tiempo, me resulta obvio que tu mamá tenía razón. Nosotras éramos unas idiotas tratando de impresionarnos con nuestra libertad. ¡Las cosas que yo llevé a mi cama! ¡Y las que llevó tu tía Mariana! Al final, era difícil distinguir lo que te gustaba de lo que simplemente te hacía cosquillas, no sé si me explico. Mariana no supo cuánto le importaba Lucas, sino hasta que lo perdió. Ahí empezó el viacrucis.

—¿Tú sabes cómo murió mi tía? —avanzó Leonor, echándose sin más sobre el terreno sombrío.

—Murió de una embolia —dijo Carmen Ramos. —Un derrame cerebral.

—¿A los veintinueve años?

—Es lo que dice tu familia y no hay por qué

dudar —dijo Carmen Ramos. —Ellos estuvieron cerca. Ahora, antes de eso, lo que padeció fue una anorexia nerviosa. Esto sí me consta, porque se parece a lo que yo vi. Pero en realidad no sé de qué murió Mariana. Sé lo que pasó antes, cómo se fue enfermando, pero no cómo acabó.

—Cuéntame entonces cómo se fue enfermando. ¿Qué pasó?

—Pasaron muchas cosas raras —musitó, lentamente, Carmen Ramos. —Todas vinculadas a Lucas Carrasco. Lucas fue el único hombre que le importó de veras a Mariana, pero no se dio cuenta de eso sino muy tarde, cuando ya lo había herido de más y él se había ido y lo de ellos se había roto por el centro. Entonces, a Mariana le dio por recuperar a Lucas, se le volvió una obsesión recuperarlo. Bajó la cortina de los galanes y se puso a trabajar en sus investigaciones como monja, casi un año. Pensaba que Lucas notaría eso y que iba a gustarle, porque siempre tuvo con Lucas una especie de complejo intelectual. Lo sentía muy por encima de ella intelectualmente. Decidió probarle que su vocación intelectual era también genuina y que ella podía ser su pareja también en ese campo. Trabajó como burra, con un amigo del instituto, en una bibliografía absurda e interminable sobre los indios de México. Y empezó una historia sobre ese tema.

—¿Con Ángel Romano? —preguntó Leonor.

—Creo que sí —dijo Carmen Ramos. —¿Lo conoces?

—Lo fui a ver a la universidad, porque me encontré el libro en la casa.

—Un buen tipo. Hace tiempo que no lo veo.

—Me habló bien de ti—dijo Leonor. —Fue el que me dio tu teléfono.

—Vaya. Pensé que había sido Cordelia.

—Con mi tía Cordelia estoy peleada. Pero sígueme contando. Mariana se puso a trabajar y qué pasó.

—Bueno, su estrategia dio resultado. No sé cómo, pero funcionó. Una noche, ya noche, bajó a tocarme la puerta. "Dame lo que tengas de beber", me dijo. "Hielos y todo. Rápido." "¿Qué pasa", le dije. "Vino Lucas y quiere un trago", me dijo. "¿Así nada más?", le dije. "¿Vino y quiere un trago?" "Sí, así nada más. Apúrate, antes de que se arrepienta." Había venido Lucas a buscarla con el pretexto de que le dedicara el libro. Estaba un poco borracho, pero en realidad vencido otra vez por Mariana. Se quedó toda la noche, hasta bien entrado el día siguiente. Como a las doce bajó tu tía, despeinada, ojerosa y radiante. "Quiero tener un hijo de ese cabrón", gritó. "Un hijo igualito a él, que lo reproduzca exactamente. Y es lo único que quiero en la vida: reproducirlo, ¿me entiendes? Reproducirlo tal cual, carajo." Si te digo que me dio envidia, te diría poco. Era como si Mariana hubiera pasado a otro nivel, como si se hubiera instalado en otro mundo, un mundo al que yo no tenía acceso, ni podría tenerlo.

—¿Se arreglaron? —preguntó Leonor.

—Se arreglaron —asintió Carmen Ramos.

—¿Y volvieron a verse como antes?

—Como antes, no. Lucas estuvo probando, no regresó de inmediato. Andaba arisco, lastimado, calculando sus terrenos. Y también, pienso yo, castigando un poco a Mariana, haciéndola pagar por su falta previa. Pasaron dos días de su reencuentro, y no regresó. Cuatro días, y tampoco. Mariana estaba como loca, te imaginarás, conteniéndose pero como loca, haciéndose cábalas sobre qué pasaría y por qué la hacían pasar del paraíso al limbo sin siquiera un mensaje intermedio. De pronto, al quinto día, Lucas se apareció de nuevo y se quedó todo el fin de semana con Mariana, en su departamento. Luego se fue otra vez, y ahora anduvo ausente quince días. Mariana aguantó el nuevo estilo sin entrar en explicaciones. Finalmente, como a los seis reencuentros, empezaron por fin a verse con cierta normalidad, cada tercer día, a veces diario, y pasaban juntos los fines de semana. Todo parecía más que normal, una normalidad casi conyugal, que duró bastante tiempo. Para Mariana y Lucas, bastante tiempo quiere decir dos o tres meses, al cabo de los cuales, sin aviso previo, así nomás, de pronto, Lucas desapareció.

—Pero por qué —dijo Leonor.

—Por cabrón, mi hijita. Porque así son los hombres: unos mentecatos. Más proclives al amor propio que al amor. No entienden cuando los amas ni cuando los engañas. En el fondo, no entienden nada. Mariana se hizo a la idea el primer mes, pero para el segundo empezó a penar. Un día vino y me dijo: "No puedo tragar." "¿Por qué, qué te pasa?". "No puedo tragar, te digo. Llevo dos días con la garganta cerrada y sólo puedo pasar líquidos." "Estás histérica", le dije. "Vamos a echarnos un trago y a olvidarnos del tal Lucas." Me dijo que no. Pero dos o tres días después pasó y me dejó una nota tras la puerta diciendo que sí. Subí por ella y le dije: "Nos damos un baño largo, nos secamos el pelo con pistola y nos vamos con el pelo suelto a donde sea. ¿De acuerdo?" Eso quería decir entre tu tía y yo que íbamos por la calle con las dos melenas al aire, la suya castaña y la mía negra, desafiando al mundo. Las solas melenas eran el llamado de la manada, ¿me entiendes? Era como ir encueradas, en nuestros tacones altos, marcando el golpe del pelo a la vista de todos. Nos arreglamos con los pelos así de sueltos y nos fuimos al bar donde cantaba Cordelia, allá por Coyoacán. Apenas nos sentamos con nuestros daiquirís, que nos parecía el trago más pirujo y ligador posible, se aparecieron dos galanes como mandados a hacer, altos, guapos y dispuestos a la fiesta hasta que terminara. Fuimos de bar en bar, bailando y bebiendo hasta muy noche y luego a nuestros departamentos. Fue una noche memorable porque Federico, con quien yo me emparejé, resultó después mi marido por cinco años. El galán de Mariana, cuyo nombre no recuerdo, fue también inolvidable, pero por razones muy distintas. No bien se habían acomodado en la recámara de Mariana, cuando ¿quién crees que toca la puerta?

—Ay, no —dijo Leonor.

—Toca la puerta nada menos que el desaparecido Lucas Carrasco, nada menos que él, precisamente ese día: el primero, y el único, en que tu tía Mariana se había permitido, durante el último año, el más leve asomo de amores que no fueran Lucas. La mensa le había dado a Lucas una llave del portón del edificio, y ahí estaba Lucas a las tres de la mañana, tocándole la puerta del departamento, y oyendo la música que había al otro lado, los restos de la fiesta. De modo que no era practicable ni siquiera la coartada de no abrirle, haciendo como que no había nadie. Mariana metió a su galán al baño y abrió. Trató de hacerse la ofendida y le dijo a Lucas que no podía pasar, que ella no era su sirvienta para atenderlo cuando quisiera, y mucho menos en la madrugada. Que si quería verla viniera mañana, con la luz del día, etcétera. Todas las excusas que se le ocurrieron desde el punto de vista del orgullo y la dignidad. Pero Lucas la conocía muy bien y no se chupaba el dedo. Le dijo: "Estás con otro." Y Mariana no pudo sino echarse a llorar.

—No es justo —dijo Leonor. —Él no tenía por qué exigirle de ese modo. Se había ido dos meses sin avisar, ¿qué esperaba?

—Todo —dijo Carmen Ramos. —Esperaba y

quería todo. No quería ni un resquicio fuera de control. Lo cierto, creo yo, es que en realidad no había perdonado lo anterior. Volvía porque no podía evitarlo. Porque su atracción por Mariana era mayor que su orgullo. Pero nunca pudo reponerse de la primera herida, ésa de la que Mariana apenas se dio cuenta. El hecho es que, después de aquella noche estúpida en que otra vez sorprendió a Mariana con otro, entonces sí ya no volvió. Mariana lo sabía perfectamente. Empezó a llorar, con Lucas en la puerta, esa madrugada y terminó de llorar tres días después, flaca y amarilla, con el rostro de la máscara griega de la tragedia, chupada y como con surcos. No puedes creer lo que era. Tampoco podrías creer lo que lloró. Cuando acabó de llorar tenía la garganta más cerrada que antes, cerrada en serio. No podía tragar nada, a veces ni siquiera agua. La garganta se le cerraba y no podía respirar. Por las mañanas, al despertar, la sola idea de comer le provocaba la asfixia.

—¿Qué tenía? —dijo Leonor.

—Tensión, miedo, no sé. Desamor —resumió Carmen Ramos.

—¿No fue al médico?

—A todos los médicos. No había nada en su garganta. Ni tumores, ni atrofias, ni nada.

—¿Por qué no podía tragar entonces?

—Porque no podía.

—Pero tiene que haber una explicación.

—No la hubo. Ni la hay todavía. Era desesperante, como si otra persona dentro de ella la estuviera estrangulando, matándola de hambre sin ninguna razón, así nada más. Lloraba y me decía: "Me aterra pensar que me estoy suicidando, que estoy tan loca que me estoy suicidando sin darme cuenta, que me quiero morir."

—¿Quería morirse? —preguntó Leonor.

—No —dijo Carmen Ramos. —Te digo que lloraba mientras me decía esas cosas.

—¿Pero, al final, crees que mi tía Mariana se suicidó?

—No —dijo Carmen Ramos. —Mariana no era el tipo. No le daba por ahí, ni por echarse al suelo, ni por deprimirse. Menos por pensar en arrancarse la vida. Mariana se extenuó trabajando y dándole vueltas a la pérdida de Lucas Carrasco, obsesionada con eso, con la idea de recuperarlo, como lo había recuperado ya una vez. Se le cerró la garganta un tiempo y luego que se curó, aunque en parte como consecuencia de eso, simplemente perdió el apetito. Mejor dicho: el lío de la garganta la hizo entrar en un total desorden con sus comidas. Tomaba café como loca y no se sentaba a comer a sus horas porque se sentía gorda. Comía papas fritas o un pan con queso y en la noche, muy noche, a veces la oía trajinando en su cocina, guisando hierbas. Porque le dio por la cuerda vegetariana y decidió dejar de comer carne. Un desorden. Un día entró aquí como zombie preguntando dónde había dejado sus zapatos, y me dio una larga explicación de lo que había hecho el día anterior para tratar de recordar dónde había puesto sus zapatos. En ese momento caí en la cuenta de que estaba realmente mal. Llamé a tu tía Cordelia y le dije que viniera a verla, le dije que en mi opinión no podía vivir sola en esas condiciones y que no quería vivir conmigo, como le había propuesto desde el principio de sus problemas de la garganta. Entonces Cordelia vino con tu mamá, estuvieron tocando un rato largo en la puerta de Mariana, oyendo la música que no faltaba en el tocadiscos, pero sin que les abriera. Bajaron a decirme y subí yo. Cuando Mariana oyó mi voz, abrió. El departamento era un desastre, había notas pegadas con tachuelas en las paredes recordándose las cosas más absurdas, y los muebles puestos todos a contrapelo. Haz de cuenta que la mesita con la lámpara de una esquina estaba en el centro de la sala, y libros por donde quiera, en el piso, en el fregadero, sobre su cama. Cuando entramos, me habló todo el tiempo a mí, como si sus hermanas no estuvieran o no las viera. Le dije: "Aquí están tus hermanas, vinieron a verte". Pero ella, como si no existieran. Le insistí "Vinieron a verte". Siguió hablándome de los pendientes que tenía, las cosas más absurdas: la presentación de un libro en donde iba a estar Lucas y al que debía ir al día siguiente, aunque la presentación había sido el día anterior. Insistí en que estaban sus hermanas a visitarla. Entonces tu mamá me dijo: "Te pido por favor que nos dejes a solas con ella." Me sentí muy mal, como puedes imaginarte, excluida después de que yo les había abierto la puerta de Mariana. Era más hermana mía que de ellas, si a esas vamos. Yo sabía quién era Mariana, ellas no. Pero finalmente sus hermanas eran ellas, y no yo. Bajé como me pidieron. Al rato bajó también Cordelia a llamar por teléfono, porque yo tenía teléfono y Mariana no. Me dijo que la veían muy mal, que iban a llamar a sus papás y a llevársela a que la atendieran en un hospital. Me pareció correcto, apenas lo adecuado. Como a la hora oí voces y gran ajetreo en el pasillo. Me asomé y vi pasar un equipo de enfermeros con una camilla. Subí a ver. Ya estaban poniendo a Mariana, dormida, en una camilla. Había un médico que daba instrucciones, y los camilleros. Junto al médico, estaban tus abuelos, perfectamente vestidos, como para un coctel, atestiguando el movimiento. Fue la primera vez que vi a tu abuelo. Qué hombre tan guapo. Y a tu abuela. Carajo, qué pareja. Juntos eran más guapos que Mariana. Una pareja de colección. Tu mamá me vio asomándome y me fue a buscar. "La sedaron y la vamos a internar para que la estabilicen y la alimenten", me dijo. "Fue la decisión del doctor. Ven. Te voy a presentar a mis papás." Me sentí en bata yendo a recibir un premio en la fiesta de final de cursos de la escuela. Tu abuelo me miró con sus ojos verdes, todo él tostado y atlético y me dijo, como si me envolviera: "Le pido su comprensión. Ésta es una cosa que debe decidir la familia." Tu abuela, en cambio, me miró con sus ojos redondos color, no sé qué color. . .

—Avellana —dijo Leonor.

—Y me dice tu abuela, antes de saludarme: "Así nos entregas a mi hija." ¡Como si yo me la hubiera llevado! Tu abuelo hizo un gesto de molestia y la arrastró a la puerta, por donde ya sacaban a Mariana los camilleros. Luego supe, por Cordelia, que los dos me echaban la culpa de la mitad de los males de Mariana. En su cabeza, yo era culpable de que se hubiera salido de su casa, para empezar. Y de la vida disipada que, según ellos, llevaba su hija Mariana, a quien ellos habían educado tan bien. Hubiera sido inútil explicarles que Mariana y yo nos salimos de nuestras casas al mismo tiempo y que quien llevó la iniciativa fue Mariana. Mi padre tenía también la idea de que Mariana era la amiga que me había corrompido a mí, aprovechándose de su condición de viudo, que nunca tuvo tiempo para atender a su hija. No le faltaba tiempo para sus novias, pero cuando su hija, es decir yo, engatuzada por Mariana, decidió salirse de su casa y poner un departamento con su amiga del alma, ¡ah!, entonces sí, ¡qué terrible amiga que se llevó a su hija a vivir de puta en un departamento de solteras! Porque Mariana y yo al principio vivimos juntas. Luego se desocupó un departamento arriba, lo rentamos y ella se fue a vivir arriba, porque nos estorbábamos mucho con esa pirotecnia que te digo que teníamos con la circulación de galanes, caridades y loterías. En parte, mi padre tenía razón. Pusimos nuestro departamento de solteras para hacer todas las cosas que no podíamos hacer como hijas de familia. ¡Pero no cobrábamos, como pensaba él! Simplemente queríamos vivir. Y tratando de vivir se nos fue la vida. A Mariana literalmente, a mí casi, porque también estuve a punto de manicomio con mi esposo Federico.

Hubo un silencio largo, el silencio propicio a la evocación de las pérdidas.

—No volví a ver a tu tía Mariana —reanudó con voz baja Carmen Ramos. —Cuatro meses después, supe por una esquela del periódico que había muerto. Fui al entierro. Tus abuelos me evitaron al pasar junto a mí, lo mismo que tu mamá. Cordelia me dijo que había sido una embolia. Y quedamos de vernos para que me contara. No vino a verme, yo la busqué en el lugar donde estaba cantando y hablamos, empezamos a hacernos amigas de verdad. ¿Sabes a partir de qué? De que no sabíamos un carajo lo que había pasado. No sabíamos y no sabemos, es la verdad. Aunque ella ya se construyó su versión y no la bajas del caballo.

—¿Qué hizo Lucas? —preguntó Leonor.

—Qué hizo de qué.

—Cuando la muerte de Mariana.

—La penó como un perro —dijo Carmen Ramos. —Vino a verme y le conté lo que sabía. No me creyó del todo, porque escribió una versión distinta a la que yo le di. Escribió una novela, ¿ya sabías?

—Eso me habían dicho —dijo Leonor. —Ángel Romano me dijo.

—Sí —dijo Carmen Ramos. — Una novela. Por ahí la tengo. ¿Quieres verla?

—Sí —dijo Leonor, ansiosamente.

—Pero es una novela —advirtió Carmen

Ramos. —No es la historia de tu tía Mariana. Digo, al final no tiene nada que ver, son historias muy distintas.

—Déjamela ver —pidió Leonor.

Carmen Ramos fue a su recámara y trajo un libro pequeño, con pastas de cartoncillo blanco, sobadas y ennegrecidas por el uso.

—Es el retrato de Lucas Carrasco. No de Mariana Gonzalbo —le dijo, poniendo el pequeño objeto, precioso y sucio en sus manos. —¿Lo quieres? Te lo presto.

—Lo quiero —dijo Leonor y lo sobó un rato, como un chal. —Tengo una última pregunta.

—La que quieras —dijo Carmen Ramos.

—Todo esto que me cuentas, ¿dónde pasó? ¿Dónde vivían ustedes entonces?

—¿Cómo dónde, mi vida? Aquí mismo. Aquí. En este departamento vivimos al principio tu tía Mariana y yo. Y en el de arriba pasó todo lo que te estoy diciendo.

— ¿Por aquí anduvo mi tía Mariana? —dijo Leonor.

—Por aquí no: *aquí* —subrayó Carmen Ramos. —Estuvo sentada ahí donde tú estás. Durmió un año en el cuarto que está al fondo. Por la puerta por donde tú entraste hoy, ella entró feliz un día, hace años, diciendo que quería reproducir a Lucas Carrasco, y otro día preguntando dónde había dejado sus zapatos. Éste es el lugar, mi amor. Y arriba es el lugar.

Leonor se sintió avasallada por el sitio. Una oleada de miedo y extrañeza la hizo temblar por la coincidencia inesperada, como si hubiera venido aquí para jugar un juego que no comprendía y cuyas reglas, sin embargo, iban cercándola y agitándola como se agita el mar bajo el influjo de la luna.

XI

Se llevó el libro de casa de Carmen Ramos y lo metió a la suya escondido bajo la ropa , como el bastimento clandestino que era. Lo abrió del mismo modo, en su cuarto, de noche y sin testigos, junto a la única complicidad de su lámpara velatoria, ansiando que subieran hasta ella, desde las páginas prohibidas, las dobles llamaradas de la transgresión y el secreto. Leyó rápido, saltando por el libro como por las piedras de un arroyo, al paso de su pecho ávido de saber lo que ignoraba y de recordar lo que no había vivido.

La novela de Carrasco se llamaba **Lucrecia contra la luna**. Era un libro pequeño de hojas gruesas y pastas de cartoncillo amartillado. Bajo la afectación en letras góticas del título, venía impresa la viñeta de un desnudo que ofrendaba a la luna un perfil de mujer con ojos de buey, senos altivos y pubis erizado. No tenía dedicatoria, colofón, ni página legal, pero abría cada capítulo con una capitular renacentista en cuyas trabes y tildes se enredaban los cabellos y las facciones helénicas de distintas mujeres.

Leonor devoró la novela, atragantándose con ella. Bajo el nombre de Lucrecia, vio cruzar a Mariana por una fiesta nocturna, y encontrarse con Lucas en un sendero de eucaliptos mejorados por la luna. Los oyó hablar y besarse bajo la transparencia de la noche y largarse por el bosque fantasmal hacia ellos mismos. Luego de varias páginas de amores realizados, acudió a su primer pleito sin motivo y a su primera reconciliación en una playa, presidida nuevamente por la luna. Los vio separarse otra vez y a Mariana, bajo el nombre de Lucrecia, enfilarse a una hilera de noches solitarias, surcadas por hombres a los que nada la unían, salvo la necesidad de propinárselos, como quien se golpea una pierna para amortiguar el dolor de la otra. Los vio necesitarse, disculparse mutuamente y volver a un remanso de planes y caricias, pero a Lucas quedarse, sin desearlo, en la frecuentación de otras mujeres y a Mariana vengarse, sin odiarlo, optando frente a él por otros amores.

Malentendió el litigio de sus orgullos. Odió los caprichos del acordeón que los separaba al expandirse y al contraerse los reunía, hasta que Lucrecia fue casi un fantasma y Lucas un loco sin ruta o sin otra ruta que la búsqueda exasperante de Lucrecia. Acudió a su último encuentro en una terraza nocturna, bañada como siempre por la luna, la luna que los reunía y los sacrificaba cada vez, hasta que los separó del todo, después de esa terraza, para perderlos en un limbo inaceptable, que Leonor se negó a confundir con sus destinos. En las últimas páginas, escasas y veloces, vio a Lucrecia extraviarse en una ronda de hospitales y fatigas no explicadas, mientras Lucas flotaba, chapoteando, en un charco de acedia, húmedo de éxitos profesionales, triunfos sin lucha y amores sin estallidos amorosos.

Cuando Leonor llegó al final de aquel remolino de lunas vengativas y propicias, estaba insultando, diciendo que no, y no tenía enfrente sino el pequeño libro de hojas descuadradas bajo el amarillo cómplice de su lámpara velatoria, la lámpara insomne que alumbraba su vacío como la luna el sendero inicial de eucaliptos que había reunido en el libro a Lucas y a Lucrecia.

Volvió instintivamente a ese sendero y leyó otra vez, despacio ahora, sin ilusiones, en una segunda búsqueda, decepcionada e insabora, del misterio. Se irguió frente al texto como una autoridad ante un posible apócrifo, galopada por la esperanza de estar al fin frente al texto sagrado y sus revelaciones originarias, manoseadas sin genio por generaciones de torpes escribas. Reparó entonces, para empezar, en que Lucas escribía el libro como si las cosas no le hubieran sucedido a él, sino a una querida pareja de amigos, cuyo fracaso inexplicable era el enigma y el motivo de la novela. Reparó después en que Mariana llevaba el nombre de Lucrecia, pero no era exactamente como ella, porque Lucrecia tenía el pelo negro, no castaño como Mariana, y los ojos oscuros en la sombra y verdes coralinos en la luz, no cafés con estrías aceitunadas, como los de Mariana. Sobre todo, la pareja impenitente de Lucrecia no era Lucas, porque no tenía la edad de Lucas, ni su nombre, sino la misma edad de Mariana y Lucrecia, y era siempre mencionado por Lucas, el narrador, como "mi amigo".

Sin embargo ahí estaba, al principio del libro, la escena sugerida por Ángel Romano del encuentro de su tía Mariana con Lucas Carrasco, su inmediata y mutua rendición amorosa, y el simple gesto de Lucas de ponerla a su lado, como si ese lugar hubiera estado ahí para ella desde siempre, esperando que Mariana lo llenara.

Lucas había escrito:

> *Se vieron por encima de las parejas que bailaban y mi amigo asintió, sólo eso, como si hubieran convenido algo o compartieran un secreto, ellos, que se miraban por primera vez en esa fiesta y no sabían ni el nombre uno del otro. Lucrecia asintió también, ratificando la existencia del se-*

> *creto. Lo demás fue literatura, es decir, la materia de este libro, que cuenta sus amores bajo la luna, lo que la luna les dio, lo que la luna les quitó, lo que ellos no supieron tomar ni defender de la luna.*

No faltaba una alusión a la luna casi en ningún pasaje del libro. Sus rayos helados presidían las escenas culminantes de la novela: la escena del encuentro y las de los amores felices que le siguieron; la escena del primer pleito, en una ciudad de México sin cielo ni estrellas, afantasmada por el esmog, y la de la primera reconciliación junto a la playa, frente al mar hinchado por el plenilunio y por la marea dichosa de sus cuerpos.

Lucrecia no era exactamente Mariana, ni Lucas su amigo, pero ahí estaban en el pequeño libro, casi literalmente, escenas que Leonor había colectado de Alina Fontaine y Carmen Ramos. Ahí estaban Lucrecia y el amigo besándose una noche, en medio de un atestado restorán, separados del mundo, unidos por el cordón umbilical de sus labios y sus lenguas, tratando de meterse uno en el otro para dejar de ser y hacerse el otro. Ahí estaban las escenas de las fiestas misteriosas y orgiásticas en la casona de la que le había hablado Ángel Romano. Y ahí estaba el amigo de Lucrecia diciéndole, como Lucas le había dicho, quizás, a Mariana:

—Vamos a querernos, no a poseernos. El ejercicio de tu libertad es lo que garantiza la mía.

Lucrecia no tenía hermanas en el libro, pero sí una amiga fraterna que cantaba en un bar de Coyoacán, como Cordelia, y que vivía en el mismo edificio que Lucrecia, como Carmen Ramos abajo de Mariana. Lucrecia no moría en la novela, como había muerto Mariana en la vida real, y el libro escurría el bulto, por tanto, a cualquier mirada de frente sobre el tema. Pero, al igual que Mariana, Lucrecia se extraviaba en un laberinto de hospitales y cuerdas interiores a punto de estallar, extenuada por la soledad y la anorexia. Por último, la novela repetía sin maquillajes la horrenda coincidencia de la noche de luna en que, luego de un año de resistir la tentación insoportable de ver a Lucrecia, su amigo había acudido a buscarla, en rendición incondicional, y la había sorprendido con otro, como Lucas a Mariana.

Había dos escenas cruciales, sin embargo, de las que nadie le había hablado hasta entonces a Leonor y que brillaron con luz propia en su nueva lectura. La primera narraba el momento en que Lucrecia, loca de amor y celos, se había entregado a Lucas pidiéndole que la hiciera su mujer, que fuera su pareja monógama, vivieran en la misma casa y la llenara de él y se reprodujera en ella, haciéndola parir su descendencia. Su amigo le había respondido con la cita de un escritor que abominaba de los espejos y de la paternidad, porque repetían la deformidad de los hombres. Esa noche, en una fiesta de la casona, Lucrecia había sorprendido a su amigo en el lecho con otra, y había bebido hasta la embriaguez y salido semidesnuda a ofrecerse a quien pasara por las calles desiertas del rumbo. Días después, su amigo le había repetido la estúpida frase que presidió sus amores y que Mariana probablemente había escuchado de Lucas: "Vamos a querernos, no a poseernos. El ejercicio de mi libertad es lo que garantiza la tuya." Poco después, la novela refería el momento que Carmen Ramos le había contado a Leonor: Mariana yéndose con otro, frente a Lucas, en una nueva fiesta de la facultad.

La segunda escena inédita era la del último encuentro de Lucrecia con el amigo, una noche de luna, después de que la había sorprendido con otro al buscarla. Sin explicar cómo se habían reunido de nuevo sus personajes, Lucas escribió:

> *Hubo una última vez. Era fresca la noche, pero a la vez tierna y cálida, y estaba la luna propicia en lo alto de enero. Sacaron una colcha al balcón y se tendieron en ella, sobre la cama resplandeciente de sus recuerdos. Bajo la luz de la luna, el cuerpo de Lucrecia era doblemente blanco y liso, y su mirada hipnótica venía de lejos, como en un sueño de títeres sin habla. Le pidió perdón y quiso amarla como la había amado alguna vez, sin reservas ni silencios interiores. Pero había un velo entre ellos. Lucrecia estaba en otra parte, como tomada por la luna, y dentro de él crecía una pandilla de recuerdos negándose, previniéndolo contra el día de mañana.*
>
> *—No fuiste tú ni fui yo —dijo Lucrecia al final, en su oído. —Fue la luna, que no nos dejó solos.*
>
> *Y se durmió junto a él con los ojos de títere abiertos, bajo el fulgor redondo y vigilante del círculo que mandaba sobre ellos desde el cielo.*

Seguían las páginas veloces del final, que volvieron a filtrarse por las expectativas de Leonor como puños de arena entre los dedos. Terminó la segunda lectura con una sensación menor de vacío que la primera, pero seguía faltándole lo esencial:

¿dónde estaba ahí Lucas Carrasco, dónde Mariana con su muerte, y dónde estaba ella, con su propio desorden, frente a ese laberinto de amores perdidos y lunas propicias, por igual, a la felicidad y la desgracia?

La noche en que Leonor lo leyó, el pequeño libro de Carrasco era ya una reliquia. Había sido escrito siete años antes y dejado de circular poco después. Su autor había corrido mejor suerte. Sin retirarse del claustro académico, había emprendido una carrera como articulista político y era el celebrado editor de un boletín al que se accedía sólo por suscripción privada. Para alimentar su pasión académica, de cuerda antropológica e histórica, Carrasco había explorado en opúsculos imprevisibles, también de circulación restringida, lo que llamó en un ensayo las *zonas frágiles* de México, aquellos lugares por donde la historia del país se había roto, cediendo el paso a "la fecundidad de lo inesperado", expresión que resumía para Proudhomme el genio del tiempo, el espíritu mismo de la historia.

Siguiendo esos senderos, Carrasco había escrito una serie de pequeños libros sobre los temas más dispares, cuyo eje secreto era, sin embargo, el mismo: la exploración de las vetas por donde se había roto la normalidad del pasado y había hecho su primera aparición el inexperto futuro. Había dedicado un libro a las etnias en extinción de las zonas de refugio, no como una denuncia antropológica, sino como un testimonio a la vez trágico y augural del doble proceso de desindianización del país y mexicanización de las etnias indígenas. Había hecho un provocativo trazo histórico de las zonas mineras relativamente prósperas, como focos detonadores de las grandes rebeliones mexicanas, para contraponerlas a la idea común de las zonas campesinas o pobres, como origen de esos movimientos. Había escrito también un largo y exitoso ensayo sobre el cambio más significativo que a su juicio había tenido la sociedad mexicana del siglo XX: el aumento de las mujeres entre la población económicamente activa, que casi se había triplicado en los años setentas quebrando por primera vez la estable inexistencia laboral femenina y anticipando la aparición de un nuevo mundo amoroso. Había escrito, por último, una colección de crónicas históricas sobre los años frágiles de México, años que habían condensado cambios decisivos del país, y en cuya exploración podían leerse, como en un mapa cristalizado, los virajes esenciales de su historia.

Entre el trabajo periodístico y sus heterodoxias académicas, Carrasco gozaba de una firme fama pública y oficiaba a la vez, sin proponérselo, como el capellán de una cofradía informal que extendía su prestigio al ámbito de los círculos de iniciados, proclives a los corpus herméticos y la exclusividad de los secretos. En este último carril, Carrasco había desarrollado su propia dosis de esnobismo: se rehusaba a toda forma de aparición pública y a que su efigie se reprodujera en medios impresos o electrónicos, para no confundir a los lectores con su facha, decía él, y para evitar que su alma fuera secuestrada por los aparatos que reproducían su efigie, según era la convicción animista de una de las etnias en extinción que había estudiado. No contestaba el teléfono personalmente en la oficina donde editaba su boletín, ni respondía a las cartas que le enviaran sus lectores. Había construido así la subfama paralela de una neurosis misántropa, y su inaccesibilidad se había vuelto parte complementaria de su leyenda.

Leonor aprendió todo esto de Carrasco, durante las semanas que dedicó a buscarlo después de leer **Lucrecia contra la luna**. En una cocción lenta, su lectura no había dejado en ella, al final, sino la necesidad compulsiva de buscar a Carrasco, para decirle lo mucho que se había equivocado en la evocación de Mariana, lo distinta que Mariana había sido, lo distinta que era en el surco de su ausencia. Y explicarle todo lo que ella, Leonor, estaba decidida a no aceptar como historia de Mariana, y de ella misma, sin que las fichas del dominó fueran repartidas otra vez, y la historia reconstruída y contada de nuevo.

Supo algunas cosas de la vida de Carrasco a través de Carmen Ramos y la mayor parte de las otras por medio de Ángel Romano, a quien pidió que le consiguiera una entrevista con Carrasco. Ángel Romano hizo dos llamadas que Lucas no respondió y se declaró mal conducto para la encomienda. Por su parte, Carmen Ramos le contó a Leonor lo que sabía de Carrasco, pero dudó de la conveniencia del encuentro y le pidió un tiempo para pensarlo.

—No sé si quiero revivir esas cosas —le dijo. —Son heridas que no duelen, pero no quiero averiguar si están cerradas. ¿Entiendes lo que quiero decir?

—Sí —saltó Leonor. —Tú también quieres ocultar lo que pasó.

—No —dijo Carmen Ramos. —Lo que no sé es si quiero desenterrarlo. Y no he dicho que no. Sólo te estoy pidiendo un poco de tiempo para pensarlo.

—De acuerdo —dijo Leonor.

Pero no estaba de acuerdo. Latiendo de impaciencia e impotencia en su búsqueda de Lucas Carrasco, tuvo un desencuentro con Rafael Liévano. Al final de una noche de amores y amigos, Rafael Liévano le dijo, en la puerta de su casa:

—Estás conmigo pero no estás aquí, Gonzalbo.

—Mi apellido no es Gonzalbo —reviró Leonor.

—También te apellidas Gonzalbo, Gonzalbo —dijo Rafael Liévano.

—También —subrayó, minimizando, Leonor.

—¿Cómo quieres que te llame, entonces?

—No quiero que me llames —dijo Leonor, abriendo la puerta y bajando del coche. —No entiendes nada. Eres un escuincle baboso.

Rafael Liévano bajó a alcanzarla:

—¿Qué pasa? ¿Ahora, qué hice?

—Nada, baboso.

—¿Nada?

— Precisamente: no has hecho nada.

—Nada de qué. ¿De qué estás hablando?

—De todo —dijo Leonor. —De todo lo que no entiendes ni vas a entender nunca, porque eres un escuincle baboso.

—¿Qué te pasa, Gonzalbo?

—Ya te dije que no me llamo Gonzalbo, idiota —repitió Leonor apretando los dientes, y se metió a su casa sin mirar hacia atrás, estampándole la puerta en las narices.

Al día siguiente, un sábado, se rehusó a dos telefonazos de Rafael Liévano. Por la tarde, ansiosa y vacía como la tarde misma, llamó al periódico donde Carrasco publicaba cada semana su columna y obtuvo el número de su oficina. Durante el mes siguiente, con las palmas sudando y la garganta seca cada vez, llamó siete veces a la oficina de Carrasco y siete veces la secretaria le hizo dejar su teléfono, prometiéndole que Carrasco le devolvería la llamada. En la llamada octava, la secretaria le confió: Lucas sólo se comunicaba con gente a la que ya conocía o que le encaminaban terceros.

—Pero yo lo conozco a él —dijo Leonor. —No puede negarse a hablar conmigo sabiendo quién soy.

Apenas dijo esto entendió: era imposible para Carrasco saber quién era. Los mensajes que le había dejado incluían su nombre y su apellido, pero nada había en ese nombre que llevara hasta Carrasco los ecos de Mariana. Su nombre estaba un escalón fuera de la genealogía de los Gonzalbo, porque ella llevaba el apellido de su padre, no el de su abuelo ni el de Mariana, aunque hubiera empezado a cabalgar por él, aceptándolo y negándolo, en su propio galope sin rienda, bajo las estrellas impasibles que todo lo sabían sin recordarlo, como ella.

Una de sus noches, en el balcón, le confió sus dilemas a Natalia. Y Natalia le dijo:

—Con el dueño del perro.

—¿Qué es eso tía? Estoy hablando en serio.

—Te digo que hables con el dueño del perro —dijo Natalia, agitando las manos. —Es lo que dice el abuelo: si un perro te muerde, ¿a quién hay que demandar? ¿Al perro o al dueño del perro? Si quieres ver a Lucas, ¿a quién hay que dirigirse? Pues al dueño del perro, es lo que quiero decir.

Unos días después, poco antes del aniversario de la muerte de Mariana, Leonor mandó a la oficina de Lucas la carta que decía:

> *Leí* **Lucrecia contra la luna** *y no me gustó, porque no trae lo principal, no está dicho ahí lo principal, y nadie se atreve a decirlo. Pienso si tú estarías dispuesto a ayudarme en eso. Yo me llamo Leonor. Mariana fue mi tía. Quiero que me hables de ella, creo que nos debes a las dos una respuesta.*

Y eligiendo su nombre, firmó:

Leonor Gonzalbo

XII

Inesperadamente, la respuesta de Lucas llegó a través de Carmen Ramos: quería ver a Leonor, dijo, pero quería que Carmen la llevara.

—No lo he visto en años —le confió Carmen Ramos. —¿Qué le diste?

Le contó luego los detalles de su reencuentro telefónico con Lucas y las condiciones que había puesto para la entrevista. Leonor estuvo de acuerdo en el día y en la hora, y en las instrucciones complementarias, que se resumían en una sola: debía ir con Carmen Ramos. El día señalado, un jueves de mayo, metió ropas, afeites y la novela de Lucas en un maletín, dijo que iba al cine con Rafael Liévano y salió de su casa cargando su trenza infantil rumbo a Lucas Carrasco.

Hizo una escala. En el baño de un centro comercial se despojó de sus jeans y de su edad, se montó en el traje sastre y los tacones sustraídos del ropero juvenil de Natalia, y se agregó después los años que faltaban con una rápida anexión de rímel y sombras, bilé y maquillaje. Un rayón antes del exceso, aunque muchos años antes de la edad buscada, depuso los afeites y se miró en el espejo acabada de nacer. Deshizo luego la trenza, abriéndola con los dedos y cepilló el pelo suelto de la frente a la espalda y de la nuca a la frente, como alguna vez se lo había cepillado su abuela, dejando que se expandiera hasta su límite y se derramara sobre ella, igual que sobre los hombros de Mariana. No pasó a buscar a Carmen Ramos. Fue directamente al lugar de la reunión con Carrasco, el lugar donde la esperaba el tiempo detenido en ella y que era el momento de airear.

Las oficinas de Lucas Carrasco estaban en una casona remodelada de San Ángel. El frontis de dos pisos era ancho, con portones de madera y aldabas de hierro ennegrecido por el tiempo; su recién adquirida modernidad incluía un portero automático y paredes incendiadas por un fanático color canela, pero respetaba dos balcones con herrerías coloniales y macetas de talavera. La puerta de la calle, regulada electrónicamente, abría a un recibidor oblongo donde una mujer de edad repartía bienvenidas como una tía solterona sorprendida en falta.

—Las está esperando —le dijo a Leonor. —En cuanto llegue tu amiga, las paso.

—Mi amiga no pudo venir —dijo Leonor. —Se le cruzó un amigo.

—Ah, pues entonces te paso de una vez. Déjame avisarle a Lucas —apretó un botón del interfono. —¿Lucas? ¿Me escuchas? Aquí están ya tus visitas, ¿me escuchas? Esta cosa no sirve. Y a ti, pensándolo bien, no puedo pasarte sola. Estás demasiado joven para Lucas. Ya no está para esas danzas. No me hagas caso, estoy bromeando. A ver, vente conmigo.

Rodeó su escritorio y caminó adelante, para mostrarle el camino. Por un pasillo largo fueron cruzando cuartos donde trabajaban en computadoras tríos y parejas de jóvenes concentrados. Al final, a mano izquierda, había una sala de muebles de cuero con dos lámparas de luz halógena que echaban una claridad apacible sobre tres paredes de libreros umbríos.

—Pásalas a la sala, Chabe —se oyó una voz en la oficina del otro lado del pasillo. —Estoy con ellas en un momento.

Leonor vio salir de la puerta de enfrente a un hombre flaco y largo, con el pelo blanco y alborotado en lo alto de la cabeza redonda. Traía un chaleco color zanahoria sobre una camisa azul tenue y dos lentes colgando de una cadena, como un collar, sobre su pecho. Leía unos papeles que llevaba en la mano y caminaba hacia el pasillo por donde ellas habían llegado, como para terminar un trámite pendiente de oficina, pero al pasar por la puerta de la sala alzó la vista y se topó con Leonor. Leonor vio esos ojos distraídos, usados, exhaustos, y sin embargo extraordinariamente alertas y vivos, detenerse en ella y quedarse ahí, sin pestañear, como fijados por un rayo, un instante de luz e inmovilidad en la molienda incesante y oscura del mundo.

Chabe, la recepcionista, se disculpó, jugueteando:
—Ya estábamos aquí. Mejor dicho, aquí estamos. Son la señorita Leonor y su amiga que no vino. Éste es mi jefe y problema, el tal Lucas Carrasco. —Y luego a ambos: —Están en su casa.

—Gracias, Chabe —dijo Lucas, sin quitar los ojos de Leonor.

Tenía la frente llena de arrugas bronceadas y un rostro enjuto, de huesos marcados y piel estricta, sin grasa, hija del ascetismo o el deporte.

Llena como nunca de sí, conciente de sus brazos y sus piernas, del correr de su pulso, de su sonrojo y sus pechos y del tacto de la falda, de la altura de sus tacones y el calor de las medias en sus piernas, Leonor sintió brincar por su cara la intención de una sonrisa. Lucas vino hasta ella, sin dejar de mirarla, los papeles todavía tiritando en su mano. Leonor vio sus ojos crecer y nublarse, mirar y descreer, reconocer y recordar, llenarse de amor y de memoria, de años perdidos y escenas recobradas, y se escuchó diciendo, con una voz que tampoco fue suya, alterada por el miedo y la incredulidad del momento:

—Tenía que hablar contigo.

—Sí —contestó Lucas, luchando todavía contra el astigmatismo y el testimonio de sus ojos.
—Teníamos que hablar.

Apenas se habían sentado, sonó el teléfono histérico. —No, Chabe, —dijo Lucas después de oír. —Dile que no estoy. Y no me pases llamadas. Era Carmen Ramos —le explicó a Leonor. —Pero creo que podemos conversar sin ella. ¿Quieres tomar algo?

—No —dijo Leonor.

—¿Te importa si tomo algo?

—No.

—Entonces voy a tomar algo.

En las maneras lentas de ir hasta el bar simulado en el librero y servirse coñac, le recordó a su abuelo Gonzalbo. Mientras estaba de espaldas, comparó la amplitud de sus hombros huesudos con los de su propio abuelo y con los de Rafael Liévano. Pensó que estaba viejo, levemente encorvado, y sin embargo duro, a un tiempo laxo y listo para saltar, como un leopardo.

—¿Cómo está Carmen? —dijo Lucas, mientras servía. —Hace ocho años que no la veo.

—Telefoneando —dijo Leonor.

—Sí —dijo Lucas, y regresó sonriendo. —Pensé que sería más cómodo para todos si ella venía. Me olvidé que eres una Gonzalbo.

—La mitad nada más —dijo Leonor.

—No hace falta más —dijo Lucas. —Eres idéntica. No acabo de reponerme del impacto. Me pusiste una tarjeta enigmática pidiéndome una respuesta. No sé si la tengo. Qué quieres saber.

—Todo —dijo Leonor.

—Todo acaba siempre siendo poco —dijo Lucas. —¿Cuántos años tienes?

—¿Cuántos crees?

—Veinte, más el rímel —dijo Lucas.

—Diecinueve —dijo Leonor.

—Diecinueve preguntas entonces —dijo Lucas.

—Más el rímel —dijo Leonor.

—De acuerdo —aceptó Lucas. —¿Qué quieres saber?

—Todo lo de Mariana —dijo Leonor.

—Eso ya es menos que todo —dijo Lucas. —Pero es demasiado todavía. Tienes una tía que se llama Cordelia. ¿Cómo está?

—Si supiera que estoy aquí, me desconoce como sobrina.

—Especialidad de la casa: desconocer —dijo Lucas. —¿Y Natalia, cómo está?

—¿Conoces a Natalia?

—De oídas —dijo Lucas. —¿Cómo está?

—Gorda, divina —dijo Leonor.

—¿Sigue con los pájaros?

—En el jardín y en la cabeza —dijo Leonor.

—Nunca la conocí, pero me llevé bien con ella —recordó Lucas. —A veces, conocer a la gente es el problema. Ayer conocí a un pintor que admiraba enormemente antes de conocerlo. Y él a mí. Por eso nos juntaron. Fue una decepción mutua que no te puedo describir. Él me pareció un tartamudo y yo a él un esnob. Tiene razón: me he vuelto muy esnob. Pero él no ha leído un libro y es un analfabeto.

—Yo leí tu novela —dijo Leonor.

—No es una novela —precisó Lucas Carrasco. —Es un conjuro. En su momento, fue un grito.

—A mí me pareció más bien calmada —dijo Leonor. —Mejor dicho, me pareció bastante fría. Perdón, pero no encontré lo que esperaba, lo que iba buscando.

—No me enorgullezco de ese libro, no lo defiendo —dijo Lucas. —Tampoco me disculpo. Es como una carta a los que saben, una confidencia. ¿Cómo lo conseguiste?

—Me lo dio Carmen Ramos.

—Ella fue parte de la cofradía.

—La cofradía no quiere hablar —dijo Leonor. —Estoy en desacuerdo con la cofradía y con el libro por eso: no hablan, no quieren hablar.

—De qué quieres que hablen —preguntó Lucas.

—Lo que yo quiero saber ahora es cómo murió mi tía. Ya sé más o menos cómo vivió, pero nadie habla de su muerte.

—Todo lo que yo sé de eso está en el libro —dijo Lucas. —Más, no sé.

— ¿Puedo preguntarte cosas de tu libro? —dijo Leonor.

—Las que quieras.

—Aquí lo tengo, las traigo apuntadas —dijo Leonor, y sacó el libro del maletín. — La primera cosa es esta: ¿todo lo que está escrito aquí sucedió entre mi tía y tú? ¿Ésta es la historia de ustedes?

—Básicamente —dijo Lucas.—Así nos conocimos, así nos peleamos, así volvimos a encontrarnos y así terminaron las cosas. Al menos, así las viví yo. Claro, hay exageraciones, mentiras. Por ejemplo, todas las fiestas orgiásticas que la novela sitúa en la casona, son invenciones mías, nunca existieron. Las puse como un símbolo de la permisividad en que vivíamos, la circulación de las parejas de entonces, y esas cosas. Lo hice porque sin tomar en cuenta esa permisividad, no pueden entenderse las vueltas y revueltas amorosas de tu tía Mariana conmigo, y de tantas otras parejas. Parejas impares, quiero decir.

—Mi tía Cordelia dice que tú indujiste a mi tía Mariana a eso, y que luego la dejaste por ser permisiva —dijo Leonor.

—Es una manera de verlo —dijo Lucas, sonriendo. —Pero cuando yo conocí a tu tía Mariana, con tu perdón y el de Cordelia, tu tía Mariana ya no necesitaba clases de permisividad. Tenía por lo menos una maestría en la materia. Y sí, su permisividad fue uno de los problemas que tuvimos, porque yo quería a tu tía Mariana para mí, no quería compartirla con nadie.

—Eso no está en la novela. Al contrario, ahí dices que mi tía Mariana fue quien te pidió que vivieran juntos y que tú te negaste —recordó Leonor.

—Fue al revés —dijo Lucas, con una voz baja, escueta, contundente. —Yo se lo pedí a ella y ella se negó.

—Pero no lo pusiste así en la novela —reprochó Leonor.

—No era el tono de la época —admitió Lucas, sonriendo de nuevo, pero un tanto forzadamente ahora, como si entrara en un terreno incómodo. —No me atreví a decirlo cuando escribí la novela. Pero la época pasó y ahora sólo queda la verdad. Y la verdad es que no soportaba la idea de compartir a tu tía Mariana con nadie.

—Pero andabas con otras —apremió Leonor. —Todo el mundo dice, y tú en la novela, que andabas con otras y te desaparecías sin decir agua va.

—Por despecho —sonrió Lucas. — Por celos. Pasiones que están siempre pasadas de moda y que nadie se atreve a confesar. La verdad, aunque te parezca increíble, es que nunca entendí qué pasaba con tu tía Mariana. Fue y es un enigma para mí. De manera que, como ves, no voy a ayudarte mucho a saber lo que no sabes. Yo tampoco lo supe en nuestro momento, ni lo sé ahora, aunque he aprendido que no hay en eso nada terrible. Pasa con muchas de las cosas importantes de la vida: suceden. Simplemente suceden. Sin que entiendas cómo, por qué o para qué. Ése es otro de los símbolos que hay en la novela.

Lo habrás notado porque es muy artificial. Es la presencia obsesiva de la luna.

—Sí —dijo Leonor. —Está llena de lunas. Lunas buenas y lunas malas. Todo pasa bajo la luna.

—Bueno, la única luna real de todas las que están en la novela es la de la escena final, cuando se encuentran en el balcón, por última vez —dijo Lucas Carrasco. Se enderezó en el asiento, se aclaró la garganta y siguió, con la voz menos fuerte y menos clara: —Esa luna sucedió de veras, aunque la escena no fue exactamente así. Fue menos edificante, y no viene al caso. Pero, volviendo a la luna, necesitaba en la novela algo que explicara lo que yo no pude ni puedo explicar. Esa cosa irracional, estúpida y sin embargo hermosa, que estuvo todo el tiempo interponiéndose entre tu tía Mariana y yo. No encontré otra manera de decirlo que inventando esas lunas. El recurso es obviamente artificial, pero da cuenta de lo que quiero sugerir: las cosas pasan porque sí, porque la luna quiere o porque no quiere. Nuestras pasiones son tributarias de los astros, y de la nada. No hay manera de escaparse a ellas, ni de expulsar la culpa que nos producen. La luna es ahí un símbolo de la madre funesta y caprichosa que puede ser el destino. El destino no como un asunto impersonal que le sucede a la gente porque le toca, sino como una inquina. Pero la luna es también el astro propicio, el que acompaña a los enamorados y cobija sus sueños, el que atestigua sus juramentos y enciende sus pasiones, regula las mareas y los ciclos de la fertilidad, es la diosa buena, compañera de la dicha, que es también tributaria de los astros, y de la nada. Ya ves, tengo todas estas teorías sobre la luna, el destino, la dicha y la desgracia, pero nada que decirte en realidad sobre tu tía Mariana.

Leonor sintió temblar la voz de Lucas Carrasco y vio sus ojos vidriarse con una película rojiza y húmeda. Lucas tomó de un sorbo la copa que no había probado.

—Ahora vuelvo —dijo. Se puso bruscamente de pie, y salió de la sala dando grandes pasos.

Era el fin de la primavera y anochecía tarde. Por la única ventana de la sala, Leonor vio cambiar la luz sobre la araucaria que rompía con su erizada simetría la desnudez de un pequeño jardín. Sintió caer las sombras grises sobre el atardecer y sobre ella misma, como un polvo de tiempo ansioso, a medias transcurrido. Sirvió un poco de coñac en la copa que Carrasco había dejado y la bebió de un trago, clandestinamente, para amortiguar el malestar también clandestino de sus emociones.

Ya era de noche cuando Lucas volvió, aunque sólo habían pasado unos minutos. Volvió distinto, fresco de ostensibles abluciones y con el saco al hombro, como dispuesto a partir. El pelo gris que explotaba sobre su frente había sido disciplinado por el agua, y se untaba a su cabeza dibujándola con vetas oscuras que rejuvenecían extrañamente sus facciones doradas, curtidas por los caprichos de la soledad y la intemperie.

—Tenemos una cena —le dijo a Leonor. —Reservé para tres, de modo que aún podemos incluir a Carmen Ramos.

—No sabía de la cena —dijo Leonor.

—Yo tampoco sabía de ti —dijo Lucas Carrasco. —Pero acabo de llamar apartando la mesa. No hay problema.

Lo encontró irresistible: a la vez suave y sólido, enigmático y transparente, y el calor que solía expandirse por ella en la cercanía silenciosa de su abuelo manó también de Lucas Carrasco, como de un radiador. Se sintió entonces sola y triste, alborozada y protegida, con unas ganas absurdas y agradecidas de llorar.

No llamaron a Carmen Ramos para que los acompañara en la cena. Tomaron un vino blanco que escogió Lucas, pero que Leonor no probó, y unos salmones sobre verduras que Lucas ordenó, y una charla que se deslizó sin tropiezos guiada por Lucas hasta la aparición discreta y apacible de Mariana.

—Era de prontos, tu tía —le dijo Lucas. —Ahora estaba cenando encantada y al plato siguiente se estaba levantando de la mesa y largándose a su casa.

—Ustedes se besaban en los restoranes —acusó Leonor. —Escandalizaban a todos.

—¿Quién te contó eso?

—Varios me lo han contado. Y está en la novela. Pero yo entiendo los prontos de mi tía. Es que hay cosas que dan mucha rabia.

—¿Por ejemplo? —dijo Lucas.

—Los escuincles babosos —descartó Leonor.

—Tendrás mucha experiencia en escuincles babosos —sonrió Lucas

—Suficiente —dijo Leonor. —No entienden nada.

—No necesitan entender —dijo Lucas. —Tienen todo lo demás que hace falta.

—¿Como qué? —preguntó Leonor.

—Como tiempo —dijo Lucas. —Tiempo para ser y para dejar de ser lo que son. Mejor tener tiempo y ser un escuincle baboso, que no tenerlo y ser un adulto que lo entiende todo. Pero estábamos hablando de Mariana. ¿Qué es lo que tú quieres saber?

—Muchas cosas —dijo Leonor. —Pero me preocupa mucho esta: ¿crees que se suicidó?

—No. Creo que se murió de lo que dijeron los médicos. De una embolia, producto de una extenuación física por razones nerviosas.

—Es lo que dice Carmen Ramos también —dijo Leonor. —Pero tú dices que mi tía no era nerviosa.

—No, pero tenía una cuerda rota en algún sitio —dijo Lucas.
—¿Cuál cuerda?
—La que todos tenemos rota —dijo Lucas. —La que acaba matándonos a todos, tarde o temprano, aunque muramos ancianos, de muerte apacible y natural.
—Pero no sabes cómo murió —avanzó Leonor. —Sabes lo mismo que Carmen Ramos.
—Supe bastante menos —admitió Lucas, inclinándose hacia Leonor, como si se protegiera para lo que iba a decir en las luces tenues y las charlas sosegadas del restorán. —Al final, no supe nada. Porque dejé de verla en esos meses, los centrales de todo. Carmen Ramos me habló dos o tres veces advirtiéndome. No hice caso. Finalmente, me presenté una noche en su departamento. Fue la última vez que la ví y no me gusta recordarla, pero voy a contártela. Era enero y la luna estaba increíble en el cielo, como lo puse en la novela. La única luna de verdad que hay en esa novela es esa luna de enero, cuando nos vimos la última vez. Aunque nos vimos es un decir. Yo vi a tu tía Mariana. Ella no sé lo que vio. Estaba completamente ida. Me abrió la puerta y me dejó pasar como quien deja entrar una ráfaga de aire. Pensé que estaría enojada y admití que tenía razón. Me ofreció algo de tomar y trajo café, según ella. En realidad, trajo una bandeja con una azucarera y una botella de salsa y cuatro tazas. Me preguntó si quería el café cargado o ligero. Pero no había café en la bandeja. Nada de eso está en la novela, pero así fue. Entendí que no sabía dónde estaba, ni quién era yo ni, muy probablemente, quién era ella. Se fue caminando al balcón y se puso a ver la luna. Era una luna enorme y parda, que sentías sobre tu cabeza como la pantalla de una lámpara próxima. Y empezó a hablar de la luna y de la extraña cosa que le había

sucedido ese día. Se le había hecho de noche de pronto. Era de día y de pronto era de noche y había estado todo el tiempo tratando de recordar lo que había hecho ese día y no podía acordarse de nada. Dijo luego algunas cosas sobre Natalia, no recuerdo qué, y la emprendió después contra la familia y contra Carmen Ramos y contra mí, pero en tercera persona, como si yo no estuviera ahí y se lo estuviera contando a un tercero. Y dijo muchas cosas: que le había prometido hijos y no se los había dado, que le había prometido llevarla al mar y nunca la había llevado, que le había dicho que no la quería y que me estaba muriendo por ella. Y así, una lista de quejas por cosas que debieron suceder y no sucedieron por mi culpa. Hasta que al final, dijo la que recuerdo literalmente, la que no he podido borrar: "Me hubiera matado por tener a ese güey y ahora me voy a morir por no tenerlo." Y "ese güey" era yo, que estaba ahí al lado. Le dije que estaba ahí al lado y que podíamos empezar de nuevo y me dijo: "Eso pregúntaselo a la luna, porque yo ya hablé con ella y quedó todo arreglado." Por esta frase hice luego todo lo de la luna, pero obviamente no quería ya decir nada, sino el extremo de debilidad física y delirio en que estaba Mariana. No había enflacado mucho, pero era la imagen misma del hambre, los huesos saltados, las ojeras de caricatura y esa languidez, esos movimientos lentos, como si flotara, débiles, como insinuados. Me quedé con ella hasta que se durmió, poco a poco se arrulló con sus propias palabras y se quedó dormida hablando, siempre hablando, con la cabeza girándole aún dentro del sueño, incesante, enloquecedoramente. Lo siguiente que supe es que estaba en el hospital. Me lo dijo Carmen Ramos, porque le llamé para saber qué había pasado con Mariana. Carmen me contó. Estaba más que afrentada con tu familia, estaba deshecha moralmente, como acusada y sentenciada por un crimen que nunca cometió. No supimos nada de Mariana el siguiente mes, aunque Carmen trató de llamar a casa de sus padres. Nadie le tomó la llamada. Finalmente a mí se me ocurrió una argucia. Puse a una amiga a llamarle a Natalia a nombre del doctor que era su médico. Yo había tenido una relación muy intensa con Natalia a través de Mariana. Le enviaba mensajes y regalos, y viceversa, y sabía por Mariana muchas cosas de ella, el nombre de su médico por ejemplo. Contestó y entonces yo me puse al habla: "Estás prohibido en esta casa, porque fastidiaste a mi hermana Mariana", me dijo en cuanto supo quién era. "La tienen dormida en el hospital y si no se cuida va a quedar loca y tarada como yo. Nadie se asusta porque es la marca de la casa, pero tú también te fregaste, ¿no? Te quedaste sin tu Mariana, para que aprendas." Le pasé el truco a Carmen Ramos y Carmen lo usó cuatro o cinco veces más, para saber de Mariana. Natalia le contaba todo, pero "todo" era simplemente que seguía hospitalizada, que estaba ida aunque cada vez menos. Y una de esas, sin aviso, como a los cuatro meses del día que se la llevaron, la sirvienta le dijo a Carmen Ramos que Natalia no podía contestar porque estaba toda la familia en el panteón enterrando a Mariana. Carmen fue el día del entierro y la trataron muy mal. Un día que Carmen hablaba con Natalia pidiéndole que le contara, tu tía Cordelia arrebató el teléfono y la amenazó hasta con la policía. Según Cordelia, Carmen y yo habíamos matado a Mariana, la habíamos vuelto loca y conducido a la muerte. No supe nada más de tu familia o de Carmen Ramos hasta que recibí tu carta hace unos días. No quise saber, no he querido. Pero ahora tú estás aquí y todo ha vuelto, y me da una rabia enorme y una alegría extraña que así sea. Eso es lo que yo puedo decirte.

Como ves, son más redondas y felices mis teorías sobre la luna.

Se había alborotado nuevamente su pelo y tenía sólo ese desarreglo juvenil, en medio de la extenuación adulta de sus palabras, dichas a media voz pero sentidas a rostro entero, como si a su paso se hubieran ahondado las arrugas de su ceño y hubieran venido a la piel las evidencias marchitas de todos sus recuerdos.

XIII

Volvió de la cena tarde, envuelta por el brillo de la mirada de Lucas Carrasco y por su voz monótona, nimbada, acariciante. Antes de subir a su cuarto, fue a la cocina por un durazno. Al regresar, desde un rincón oscuro de la sala la asaltó la voz gutural de su abuela reprochando, describiendo:

—Pasa de la una.

Siguió el camino sordo de la voz hasta el punto preciso de la oscuridad donde brillaban los ojos como mecheros de su abuela Filisola. Sintió doblarse sus piernas en un temblor religioso, pero alcanzó a improvisar sin demora, segura al menos de que no había bebido ni fumado, y de que su sobriedad la absolvería en lo que dijera:

—Se nos hizo tarde hablando.

—Mañana tienes escuela —recordó la abuela. —¿Saliste con Rafael Liévano?

—Sí —dijo Leonor. —¿Por qué?

—Llamó hace dos horas preguntando por ti —informó la abuela.

Leonor se echó el maletín al hombro, como si se despidiera y se escuchó decir, sorprendida de su rapidez y su frialdad en mitad del incendio: —Nos peleamos. Seguí con otros amigos a cenar. ¿Qué dijo Rafael?

—Llamó buscándote —repitió la abuela. —Como creí saber que salías con él, desde que habló estoy esperándote. Tu abuelo te busca hace una hora en hospitales y delegaciones de policía.

—Voy a decirle que llegué.

—Te vio bajar del taxi por la ventana —descartó su abuela. —Ahora debe estar fingiendo que duerme. Ven acá.

Leonor dejó el maletín con la ropas secretas al pie de la escalera y fue a la sala, en seguimiento de la orden. Había vuelto al baño del centro comercial a cambiarse y despintarse, se había rehecho la trenza y borrado los años de afeites que la acercaban a Mariana, pero cuando caminó hacia su abuela sintió que la trenza se aflojaba y quedaba al descubierto toda ella, la nueva, la clandestina, la que crecía sin preguntar entre los huecos de la historia prohibida de Mariana.

—Se te deshizo la trenza en la cena con tus amigos —dijo la abuela cuando la tuvo cerca, como si supiera exactamente qué reprocharle. También, como si una corriente de complicidad se hubiera establecido entre ellas. —Debió estar animada esa cena.

—¿Se asustó mucho el abuelo? —preguntó Leonor, bordeando la ironía de la Filisola.

—A tu abuelo nada le altera el pulso. Sólo tenía saltada la vena de la frente.

—Pero si no me iba a pasar nada —se quejó Leonor.

—Nada te va a pasar, hasta que te pase —dijo la Filisola.

—¿Por qué hasta que me pase? ¿Qué me va a pasar? —protestó Leonor.

—Inspiras malas ideas en cualquiera.

—¿Cuáles malas ideas, abuela? —volvió a protestar Leonor, pero riendo ahora, como si las malas ideas pudieran, en realidad, agradarle.

—No me refiero a cosas que te puedan gustar —precisó su abuela Filisola. —Está siempre la posibilidad de un accidente.

Golpeó con los nudillos la madera del sillón para conjurar su ocurrencia. Sentó después a Leonor de espaldas a ella, y empezó a recomponer la trenza con manos diestras, mientras hablaba: —Sabes de los fantasmas que rondan esta casa a propósito de accidentes y desgracias —volteó a su nieta hacia ella, para mirarla de frente: —La belleza tiene que tomar sus precauciones —le dijo, y hubo en sus ojos redondos un brillo juvenil .

—Tú crees que estamos saladas, ¿verdad? —dijo Leonor, vencida y convencida. —Crees que el destino nos persigue.

—Las cosas pasan y los hechos hablan —dijo la abuela, con tono pontificial y melancólico, poniendo una palma materna en la mejilla de Leonor. —No dicen lo que va a pasar, pero sí lo que ha pasado. Y en las mujeres de la familia ha pasado todo. Desde mi tatarabuela, ya lo sabes.

—¿Nada más con las mujeres? —preguntó Leonor.

—Sobre todo con las mujeres, pero no hace falta más —dijo la abuela Filisola — Porque las mujeres son lo único que ha valido la pena del árbol genealógico. Las mujeres de la familia han sido locas y trágicas, pero inmejorables —sonrió la Filisola. —Eso te lo digo aquí, entre tú y yo.

—No sabía que pensaras así —dijo Leonor.

—Yo tampoco, se me está ocurriendo ahorita —volvió a sonreír la Filisola. —Te esperaba con la espada desenvainada para regañarte, y mira dónde acabé: alabando nuestras locuras. Bueno, toma lo que te he dicho como un regaño. Es decir, no lo olvides. No corras riesgos idiotas. Toma tus precauciones.

—Sí —dijo Leonor.

—Y vete a dormir. Mañana tienes escuela y alguna cosa que explicarle a tu abuelo.

Se dio un baño largo, como los que acostumbraba al volver de Rafael Liévano, no para borrar sino para prolongar la fatiga de su cuerpo, para completar su cansancio amoroso. Pero de las brumas del vapor y el calor de su piel bajo el agua no vino la memoria de Rafael Liévano, sino el ambiente etéreo, a la vez preciso y desdibujado, de su cena con Lucas Carrasco, el poder leve pero imperioso de su voz, propagándose sobre la mesa hacia ella, envolviéndola, cuidándola, educándola. Se metió en la cama como en una funda de ensueños. Lo último que supo de sí fue que sonreía.

Un resto de presencias inasibles le hizo saber al día siguiente que había soñado. La prisa del despertador le impidió detenerse en ellas. Y el súbito recuerdo de que aún debía explicar su escapada nocturna, borró todas las huellas de aquel reino, mientras se echaba encima las ropas del día. Su abuelo la esperaba en la mesa del desayuno, fragante como sólo podía estarlo él a esas horas, forrado en el hollejo de su loción adulta, tocada de tabaco, con el plato de fruta frente a él.

—Llegaste tarde, y no sabíamos dónde estabas —dijo, en cuanto Leonor tomó el lugar vecino.

—Salí con Rafael Liévano —se impulsó Leonor, repitiendo el guión. —Pero discutimos y se fue enojado. Yo me seguí a cenar con otros amigos.

Ramón Gonzalbo empezó a picar su fruta en silencio. Luego alzó la cabeza hacia Leonor y la miró con sus intensos ojos sabios.

—No se vale —le dijo.

—Sé que debí avisar —admitió Leonor. —Pero no pensé que Rafael fuera a llamar y que los fuera a asustar a ustedes.

Iba a seguir mintiendo, pero una mano en alto la detuvo: —La explicación ya la sé —dijo Ramón Gonzalbo. —Mi respuesta es que no se vale. Nada más.

—Sí abuelo —acató Leonor.

—Y espero que no vuelva a repetirse.

Unidos por su distancia, tomaron en silencio el resto del desayuno.

Ya en la escuela, Leonor se descargó con Rafael Liévano:

—Cuando nos peleemos, no me busques por teléfono, idiota —le dijo en un rincón del patio.

—¿Entonces qué hago cuando nos peleemos? ¿Les llamo a tus amigas?

—Les llamas a mis amigas para qué, idiota.

—¿Para que salgan conmigo?

—Mis amigas no salen contigo, idiota.

—Cualquiera de ellas —se jactó Rafael Liévano.

—Ninguna, idiota —se afirmó Leonor.

—Ninguna que tú sepas, babosa —correspondió Rafael Liévano.

—No me digas babosa —resintió Leonor.

—Pues no me digas idiota —remontó Rafael Liévano. —Llevas dos semanas de llamarme idiota. No puedo ser idiota dos semanas seguidas.

—Llevas todo el tiempo de ser un idiota —remató Leonor. —Me echaste de cabeza con tu llamada. Dije que había salido contigo, y me echaste de cabeza al llamar. ¿Ya entendiste?

—Ya entendí. Pero yo qué culpa tengo. ¿También tengo que adivinar tus mentiras? Y, además, ¿a dónde fuiste?

—Qué te importa.

—No me importa. Sólo quiero saber con quién te fuiste, —dijo Rafael Liévano. —¿Para eso te peleaste conmigo? ¿Para salir con otro?

—Te falta clase —se escurrió Leonor. —No sabes lo que es una mujer.

—Sé lo que eres tú: una cabrona —explotó Rafael Liévano.

—No sabes nada, idiota —repitió Leonor.

—Que no me digas idiota —dijo Rafael Liévano, fuera de sí, golpeando un muro .— ¿Qué te pasa, carajo?

—Nada que puedas entender —dijo Leonor.

—Me lleva la chingada —dijo Rafael Liévano, golpeando otra vez el muro.

— Ya te llevó —dijo Leonor.

Después de la comida de ese día, cuando pasaba rumbo a su cuarto mondando una granada, la mano de Natalia la llamó.

—Te cayeron, mocosa —le dijo. —Ya saben quién eres. Y lo cabroncita que estás resultando. Me hubieran preguntado a mí, y yo les hubiera dicho hace rato. Pero como piensan que estoy loca, tienen que dar más vueltas.

—¿De qué hablas, tía? —se hartó Leonor, amargada por una nervadura de la fruta.

—De ti y de los abuelos —respondió Natalia. —Les dijiste que te ibas con tu novio. Pero tu novio llamó preguntando por ti, y dijo que no había salido contigo.

—¿Eso dijo?

—Eso dijo cuando llamó, como a las siete —precisó Natalia. —Pero luego tú les dijiste al llegar, como a la una, que habías estado con él. Ellos sabían que no, desde las siete. Así que te cayeron redondita, justo lo que no estás, salvo en las nalgas. Nalgona como todas las Gonzalbo. Nalgadas es lo que necesitan esas nalgas, carajo.

Leonor sintió encenderse su rostro con el color de la granada, sitiada por la vergüenza de que sus abuelos la hubieran sorprendido no una, sino dos veces. Y de que hubieran tenido la elegancia o la maldad de dejarla improvisar en descampado, y atascarse frente a ellos en un montón bisoño de mentiras.

Al caer la tarde, antes de que su abuelo volviera de la fábrica, se escurrió hasta el costurero donde su abuela se refugiaba a bordar los pequeños bastidores de tela que desafiaban su presbicia y contenían su soledad. Se puso junto a ella como solía, escurriéndose igual que un gato, en convenido silencio y fingida indiferencia mutua. Cuando sus movimientos de posesión terminaron y fue claro para ambas que no había sino que hablar, Leonor reconoció:

—Te mentí anoche.

Sin suspender su tarea de bordado ni mirarla, la abuela contestó con una voz remota:

—Ya lo sé.

Siguió un silencio que duró un mundo y tres hilvanes.

—Quiero pedirles perdón —dijo Leonor. —No salí con Rafael Liévano. Salí con otra persona que quizá a ustedes no les guste. Por eso mentí.

—¿Nosotros somos los culpables de que hayas mentido? —preguntó litigiosamente la abuela, mirándola ahora por encima de sus lentes bifocales. —¿Mentiste por nosotros?

—No, mentí por temor a ustedes —dijo Leonor.

—Entiendo —dijo la abuela Filisola, volviendo el hermoso perfil recto a su labor. —¿Con quién saliste entonces, que no nos gusta?

—Con una amiga de mi tía Mariana —dijo Leonor.

—¿Cuál de todas? —preguntó la Filisola, volviendo a interrumpirse en su bordado. —Ninguna nos gustó demasiado.

—Carmen Ramos —soltó Leonor sin dar más vueltas.

El nombre cayó como una piedra sobre la esgrima de su abuela. Leonor la vio palidecer y tragarse el pulso, sin un solo movimiento del rostro o el cuello.

—¿Ésa? —dijo su abuela Filisola, poniendo en el énfasis todo el desaliento de sus años. —Hiciste bien en mentirnos, entonces.

—Por qué abuela, qué importa —avanzó Leonor, buscando la zona de sus confidencias de la noche pasada.

—¿Qué te contó?

—Me contó la última noche —dijo Leonor.

—¿Cuál última noche?

—La última noche que vio a mi tía Mariana —dijo Leonor. —La noche en que ustedes fueron a recoger a mi tía a su departamento.

—La entregó muerta, perdida —dijo la abuela Filisola.

—Cuéntame —suplicó Leonor. —Quiero saber qué pasó. Cuéntame tú, que lo sabes.

—Ya te lo ha contado Carmen Ramos —dijo rasposamente su abuela. —Que te cuente lo demás.

—Cuéntenmelo ustedes —se revolvió Leonor. —Ustedes saben lo que pasó. ¿Por qué tengo que preguntarlo fuera?

—Porque afuera le hicieron el daño —dijo su abuela Filisola, sin ceder un recuerdo. —Nosotros lo cosechamos, nada más. Y es todo lo que vamos a hablar de eso. Te lo he dicho las veces suficientes: deja el recuerdo de tu tía muerta en paz, como lo hemos dejado nosotros. Y no quiero en esta casa oír hablar más de Carmen Ramos.

Regresó a su bastidor y a su silencio como a una cueva de sombras. Al menos así la soñó Leonor esa noche: ciega, guiada por un enorme perro con cara de hombre, sorteando un lauredal rumbo a un confín oscuro, tersa y dueña de sí, dejando que sus pasos rituales la despidieran del mundo. Despertó llorando, sin dolor ni sufrimiento, ni resabios ni temor, simplemente distinta, como lavada por las lágrimas que había traído el sueño, separada de su abuela por primera vez.

Por segundo día consecutivo, su abuelo la esperaba para hablarle en el desayunador.

—Nos has dado la peor explicación que podías darnos —le dijo, al terminar el desayuno. —Si esto sigue así, habrá que tomar otras medidas. Por lo pronto, he tomado esta: el mes siguiente no hay salida ni fiesta que no sea con permiso expreso, y llevada y traída por mi chofer, a quien voy a pagarle extras por esos servicios.

—Es injusto —reaccionó Leonor.

—Es como va a ser —sentenció Ramón Gonzalbo.

Así empezó el mes más pobre y humillante de su vida pero también, extrañamente, el más indoloro y apacible. Se ciñó a la prescripción de su abuelo rígidamente, y no salió de la casa salvo para ir a la escuela, ni recibió visitas, ni contestó el teléfono, ni habló una palabra, aparte de los monosílabos indispensables, con nadie que no fuera Natalia. Lo hizo al principio para subrayar la arbitrariedad de su enclaustramiento, el rigor banal de su abuelo y su propia aceptación burlona de un régimen tan tiránico en sus sentencias como inocuo en sus penas. Pero a los pocos días, la regularidad ascética del castigo dejó de ser un agravio y empezó a ser una comodidad, un orden, una suspensión bienvenida del llamado exigente del mundo. Descubrió que le gustaba su encierro, que sus demonios se recogían también en sus cuevas claustrales y que todo lo sublevado en ella tomaba su lugar.

La mañana siguiente al día treinta de encierro, su abuelo la esperó nuevamente en el desayunador frente a su plato de fruta y le dijo:

—Ayer se cumplió el plazo de nuestro acuerdo en relación con tus salidas.

—Sí —aceptó Leonor.

—Lo importante no es el plazo, ni que lo hayas cumplido. Lo importante es que hayas entendido.

—Sí —dijo Leonor.

—Espero que hayas entendido —advirtió el abuelo.

—Entendí —dijo Leonor.

—Me alegro —dijo Ramón Gonzalbo.

—Quiero salir el sábado por la tarde —consultó Leonor.

—El plazo terminó. Puedes hacer lo que quieras —dijo Ramón Gonzalbo.

—Gracias —dijo Leonor.

Pero el sábado hizo pasar a Rafael Liévano a la casa y lo llevó frente a su abuelo que leía y dormitaba bajo el parasol del jardín, ya envuelto en la caída de la tarde.

—Dile qué vamos a hacer —le pidió Leonor a Rafael Liévano cuando estuvieron frente a Ramón Gonzalbo.

—Vamos a ir al cine y luego a la disco, señor. Se la regreso a las doce.

—El régimen de autorizaciones está suspendido —dijo Ramón Gonzalbo sin mirarlos, concentrado en su lectura bajo una cachucha. —No hace falta el permiso.

—Por si las dudas —dijo Leonor.

—No hay ningunas dudas —dijo Ramón Gonzalbo.

Camino al hotel, Leonor prendió un cigarrillo de mariguana, y otro cuando la mucama cerró el portón de la cochera para dejarlos solos en la habitación. Se dejó hacer por Rafael Liévano, libre en las ondas lentas de la yerba, loca después, infatigable, cobrando palmo a palmo su soledad y su encierro. Volvieron a saber de sí ya noche adentro, y fumaron de nuevo antes de salir. Cuando llegaron, la disco terminaba su tanda vespertina y estaba rala, aguardando el aluvión de la jornada nocturna. Bebieron y bailaron como si hubieran bebido todo el día, cercados por la música y por la euforia de haberse reencontrado.

—Quiero volver al hotel —dijo Leonor cuando salieron, a las once.

Volvieron al hotel. Hicieron el amor y pidieron otro trago. Mientras llegaba, Rafael Liévano sacó una bachicha que le quedaba.

—Ni creas que me gustas —le dijo Leonor. —Lo hago porque no hay otro a la mano.

—Y yo porque ya me cansé de mi mano —dijo Rafael Liévano.

Se echaron a reir como dos idiotas, hasta que se les salieron los mocos y tuvieron que limpiarse con las sábanas.

Salieron casi a la una, encendidos y exahustos.

—Quiero manejar —pidió Leonor.

—Pues maneja, Gonzalbo —accedió Rafael Liévano.

—Quiero manejar rápido. Y por tu culpa. —dijo Leonor. —Tú dijiste que me regresabas a las doce y qué horas son.

—La una y dieciséis, Gonzalbo.

—¿Quién le dijo a mi abuelo que me iba a llevar a las doce?

—Yo —dijo Rafael Liévano.

—¿De quién es la culpa entonces?

—Mía. Soy una mierda —aceptó Rafael Liévano.

—Entonces tengo que manejar yo, porque tú no eres confiable. Y además estás cansado de tus manos.

—De la derecha en particular —dijo Rafael Liévano. —Aunque también de la izquierda.

—Dame las llaves, entonces. Y nos vamos rapidísimo a explicarle todo al abuelo.

Le dio las llaves, salieron a la carretera y vinieron cantando hasta la última curva antes de entrar a la ciudad. Al terminar la curva había un letrero fosforescente que anunciaba reparaciones. Leonor perdió el control. Lo siguiente fue el coche metido como cuña en los taludes de una cuneta. Cuando los recogió la unidad de rescate media hora después, Rafael Liévano seguía inconsciente; tenía una herida de cuatro centímetros y una fisura craneana en el parietal derecho. El horror de la sangre y el dolor de una clavícula rota le impedían respirar a Leonor.

XIV

Lloró toda la noche en la cama solitaria del hospital, clavada por el dolor que subía de su hombro y por la sospecha de que Rafael Liévano había muerto y el cuerpo que alcanzó a ver en un pasaje del cuarto de terapia intensiva cuando exigió que se lo mostraran, era él pero no estaba vivo, sino puesto para engañarla esa noche y aplazar la notificación de la desgracia que le había anticipado su abuela Filisola, la desgracia que avanzaba hacia ella desde el fondo de la historia en que estaba atrapada, bajo el rencor helado de la luna y la antigua maldición de las estrellas.

Creyó y padeció eso hasta el amanecer, en que sonó el teléfono y entre brumas oyó la voz de ultratumba de Rafael Liévano diciendo con su inconfundible acento terrenal:

—¿Qué andábamos haciendo en la carretera, Gonzalbo? No me acuerdo de nada. ¿Qué andábamos haciendo ahí?

—Fugándonos, idiota —dijo Leonor.

—Dice la enfermera que nos pusimos un santo madrazo. ¿Qué pasó?

—Te quisiste propasar conmigo —reclamó Leonor.

—En serio, Gonzalbo. Me duele la cabeza y no recuerdo nada. Lo último que recuerdo es que salimos de la disco.

—Yo te voy a recordar —dijo Leonor.

—¿Cuándo? —dijo Rafael Liévano.

—Cuando pueda abrazarte sin que me duela —dijo Leonor, y sintió correr por sus mejillas dos lagrimones frescos, del tamaño de su alivio y de su gratitud.

Al colgar descubrió que en el sillón vecino dormía o fingía dormir su abuela Filisola. Salieron al mediodía del hospital rumbo a la casa y la escena temida de los reclamos, pero en la casa no hubo sino almohadas para su clavícula y mimos para su convalecencia, incluyendo la mano dura y tierna del abuelo Gonzalbo en su mejilla asegurándole que los huesos a su edad soldaban bien y en adelante podría decir que era una mujer con callo.

Poco antes de la cena llegó Cordelia. No la había visto en meses, desde su último altercado telefónico a propósito de su ocultación de Carmen Ramos y la novela de Carrasco. Pero Cordelia había tenido siempre el don de hacerle sentir que habían dormido juntas y que los siglos de secretos que mediaban entre ellas podían zanjarse con una sonrisa fraterna que reabría la complicidad de su trato, superior y anterior a cualquier diferencia.

—¿Dónde te estaban besando cuando soltaste el volante? —preguntó luego de abrazarla, poniendo un ramo de gladiolas sobre su pecho encorsetado.

—En ninguna parte —murmuró Leonor.

—¿Ni siquiera en la boca? —siguió Cordelia, mientras acercaba una silla y un cenicero.

—Venía un poquito borracha —confesó Leonor. —Pienso si así se mataron mis papás.

—Tu papá no era de tragos ni de traguitos —le dijo Cordelia. —Era un tedio de abstemio. Y no tuvo culpa de nada. Los embistió un trailer al que se le habían barrido los frenos a la salida de las Cumbres de Acutzingo, en Veracruz. Eso fue todo. Otro accidente.

—Son demasiados accidentes —dijo Leonor.

—¿Estuviste hablando con tu abuela, verdad? —la atajó Cordelia. —No sé cómo hace para darle a todo un toque esotérico. Todo el tiempo anda imaginándose que le tocó un destino raro y haciéndose la interesante con la extraña historia de las mujeres de la familia.

—No es una historia normal —dijo Leonor.

—Mira chiquita, si pones juntos los endriagos de cualquier familia, todas parecen un circo del destino —refutó, intolerante, Cordelia.—Y si las ves de cerca, a todas las familias acaba pasándoles lo peor. Todas son historias como de novela y es un llorar al final que ni los domingos en el cementerio. Por cierto, ya supe que estuviste con Carmen Ramos y que viste a Lucas Carrasco.

—¿Qué tiene que ver? —dijo Leonor.

—Nada. Los asocié porque son como muertos para mí. Los tengo registrados en el libro de fiambres. El caso es que como tú me hablaste de Carmen Ramos, la fui a ver y me contó. La dejaste encantada, como si hubiera reencontrado a Mariana, me dijo. Pero esto es lo que tienes que entender, y qué bueno que te accidentaste porque ahora en la convalecencia puedo venir a decírtelo y me puedes oír. El asunto es este: tú no eres Mariana, mi amor. No te me confundas en eso. Tú eres Leonor, su sobrina, muy distinta de tu tía aunque seas igualita, y muy ajena a todas las esoterias genealógicas de tu abuela en torno a las vampíricas Gonzalbo. ¿Ya me entendiste?

—Sí.

—Entendido esto, quiero saber: ¿qué patrañas te contaron Carmen y Carrasco de tu tía?

—Me contaron la última noche que estuvo mi tía en su departamento, cuando fueron a recogerla tú y mis abuelos —dijo Leonor, y agregó los detalles.

—Una pésima escena —admitió Cordelia. —De muy mal gusto habértela contado, pero así fue. ¿Y qué te contó Lucas Carrasco?

—Su amor por mi tía —dijo Leonor. —Y

cómo nunca entendió por qué mi tía no quiso vivir con él.

—Eso es una mentira como el Himalaya —saltó Cordelia.

—Me sonó sincero —dijo Leonor.

—Pero es falso —arrasó Cordelia. —Lucas Carrasco nunca quiso vivir con Mariana.

—Mi tía Mariana tampoco quiso con él —dijo Leonor. —Según Carmen Ramos, se iba con otros en presencia de Lucas.

—Eso es el colmo —dijo Cordelia. —¿No te contó Carmen Ramos de sus pleitos con Lucas por lo mal que él trataba a Mariana?

—No —dijo Leonor

—¿Y de las fiestas en la casona, Lucas no te contó nada? ¿De sus orgías? ¿De cómo sedujo a tu tía, y luego la indujo a meterse con otros, y luego se lo reprochó, y rompió con ella por "puta"? ¿No te contó eso? —dijo Cordelia ya hinchada, con las mejillas temblando de rabia.

—Lucas me contó de la casona —dijo Leonor, en un susurro culpable.

—Menos mal —respiró Cordelia. —¿Y qué te dijo?

—Que nunca hubo esas fiestas —dijo Leonor.

—¿Ah, no? —volvió a encenderse Cordelia. —¿Y entonces por qué las puso en su novela? No hay mejor prueba de que miente que su novela. Ahí aparecen la casa y las fiestas con todo detalle. ¿Cómo explica eso?

—Dice que lo puso como un símbolo —dijo Leonor. —Para dar a entender que andaban todos con todos. No porque hubiera sucedido.

—¿Y le creíste? —dijo Cordelia.

—Sí —dijo Leonor.

—Ay, mi hijita. En eso sí nos vas a resultar Gonzalbo hasta la ignominia: también te dejaste engatuzar por Lucas Carrasco. Mira, te voy a mostrar lo que fue Lucas Carrasco para Mariana en boca de la propia Mariana. Tengo dos cartas de tu tía a Lucas que nunca le envió. Las encontré con sus papeles aquella noche que la fuimos a recoger a su departamento. No se las he mostrado a nadie, pero te las voy a traer, para que tú las leas y entiendas de una vez. ¿Por qué me miras con esos ojotes incrédulos de lechuza lampareada?

—Es que no te entiendo —dijo Leonor.
—Primero me regañas por andar curioseando y ahora me vas a traer unas cartas de mi tía.

—Es un bandazo, de acuerdo. Pero es que me puse a pensar y entendí lo necia que eres. Como de la familia, auténticamente. Entonces decidí no ocultarte nada, porque sale peor. Tu curiosidad emperrada es peor que la verdad, mi hijita. De veras, te imaginas las cosas mucho peores que como fueron. Te voy a mandar unos chocolates y adentro las cartas, bien escondidas abajo, para que sólo tú las veas. Si las pepena tu abuela, nos corta el clítoris a las dos, ¿ya me entendiste?

—Sí —sonrió Leonor.
—Y luego hablamos y me dices si el miserable de Carrasco merece que le creas o no. ¿De acuerdo?

La llenó de besos antes de irse y de preguntas insinuantes sobre los dones amorosos de Rafael Liévano. Siguieron días de cama, tedio y almohadones, días de una astenia circular interrumpida sólo por las llamadas del propio Rafael Liévano, quien luchaba así contra su respectiva temporada en el infierno de la monotonía.

Finalmente, llegaron los chocolates prometidos por Cordelia, en una caja que simulaba un corazón. Abajo de los papeles de estaño, aparecieron las cartas de Mariana, sin sobre, impregnadas del olor tierno, nuevo y empalagoso de los dulces. Eran muy distintas entre sí; una sobria, legible, serena en su caligrafía; la otra ebria, torcida, cruzada de rabos y quebraduras, como nacida de una mano eléctrica.

La primera decía:

Querido Lu:
Me puse a recordarte como quien se pone a leer un libro, pero me acordé sólo de las mujeres que has tenido. Por qué vienen esas brujas a molestarme, si me senté a acordarme de ti no de ellas. No lo sé. Pero encontré algo en medio de tanta retacería. Me acababa de cambiar a este departamento. Estaban las cajas regadas por todos lados, no había luz, porque no la habían conectado aún, y había que alumbrarse con velas. Había trabajado todo el día en meter un poco de orden en ese lío de polvo y cosas que no acababan de encontrar su lugar. No quería que vinieras, porque era como mostrarte mi cesto de ropa sucia, pero salimos a cenar y, al regreso, quisiste pasar la noche aquí. Fue como una noche de fantasmas, alumbrados por velas entre un montón de escombros. Nos dormimos muy tarde. Cuando desperté, entraba la luz muy fuerte por la ventana sin cortinas todavía, y tú no estabas en la cama. Me paré asustada a buscarte, todavía entre brumas, y cuando salí del cuarto estaba todo en orden en la sala, los bultos y las cajas habían encontrado un lugar donde no parecían estorbar, los papeles parecían ordenados sobre la mesa y los muebles puestos en su sitio, como si ninguno otro

*les conviniera. Tú estabas con una toalla
en la cintura exprimiendo naranjas y
listo para echar los huevos revueltos,
tostar el pan y servir el café
del desayuno. Esa vez fuiste mi marido
y yo tú mujer. Juntos en la casa de
muñecas, ya lo sé. Soy una idiota, ya lo
sé. Y una cursi y una mujercita de su
casa recordando y añorando al maridito
que no tuvo, ya lo sé. La escena se completa debidamente porque, siguiendo
tu ejemplo, la mujercita fue esa mañana
a arreglar la recámara para poner en
ella una mínima parte del orden que tú
habías puesto en lo demás y al levantar
tus pantalones, te acuerdas, se cayó
la nota que te había enviado la tarde
anterior Giovana, ¿te acuerdas?,
tu pasante de la escuela de letras que
estudiaba a Nezahualcóyotl. No me
acuerdo cómo decía, pero era claro en
su mensaje que habías estado con ella el
día anterior, y que ibas a verla esa
noche. No te dije nada, ¿te acuerdas?
Guardé la nota y cuando volviste
la siguiente vez, estaba pegada en la
puerta para que la vieras, a ver si te
atrevías a tocar después de verla.
Te atreviste, y no te dije nada, ni tú
tampoco. Y supongo que ése fue
el matrimonio que tuvimos.*

La segunda carta decía:

*Lucatero:
Vino la luna a decir que te aullara, y
estoy en eso, desde anoche no he dormido,*

no he salido de tu lecho que dejaste.
Todavía está. ¿No fue eso lo que pediste?
pues ahí está, carajo por qué no vienes? no
era eso lo que querías y me dijiste aquella
vez? ¿se acabó y hay que empezar?
de acuerdo Pero tengo que preguntarte
¿Cómo me dejaste andar, y no me jalaste?
Con un grito y ya eso hubiera bastado
esperarte a sabiendas de que no vendrás,
sabiendo que vendrás algún día.
Trabajo encerrada, con miedo de que
toques y me encuentres en fachas.
Me canso, voy al espejo me miro, me
cambio la ropa o me repaso las cejas
o los aretes que me faltan. Regreso y ando
por la casa arreglada cada tres horas para
que no me encuentres en lo que soy: una
fregona con sus fichas, encerrada en sus
fichas, despeinada por dentro, sudando
maloliente, esperándote, ¿dónde empezó?
¿te fuiste y no has vuelto? Si voy
a encontrarte voy y me siento en tu
cubículo de la Facultad hasta
que aparezcas. Y solo para preguntarte
por qué te fuiste. En tu casa también,
para evitar el escándalo en la facultad.
Puedo telefonearte y decirte que estoy aquí
encerrada con mi trabajo, arreglándome
cada tiempo por si llegas.
Pero tampoco podría. imagínate que me
mandas al carajo tu frialdad, etc hartarte
—o acabar de hartarte. porque te hartaste
de mí. Lo que no obsta para. al mismo
tiempo sé que no fue mentira, —y que
tampoco fue suficiente. Falta. Eso es todo.
Todo lo que quería decirte en esta carta,
que no voy a enviar, pero me alivia

escribirla, porque es como tenerte cerca al alcance de mi voz. Falta ¿Me escuchas? Yo recuerdo cosas, pleitos y sé que no me equivoco si me escuchas cuando te hablo. Mejor dicho Sé que sigo hablando dentro de tí y no te digo? ¿Por qué te fuiste? no te has ido y vendrás pero no vendrás. pero me arreglo para recibirte. Y así.
¿Vendrás, Lucatero? ¿Vendrás?

Leyó y volvió a leer esas cartas, pero no encontró en ellas a la víctima de que hablaba Cordelia, sino algo más próximo y respetable, un dolor y un amor asumidos sin aspavientos. Sobre todo, las cartas trajeron hacia ella una revelación que fue la voz de Mariana. No leyó las cartas en realidad, oyó esa voz, la oyó a través del tiempo, no como si estuviera grabada sino como si se construyera dentro de ella y le hablara a través del papel y de los años.

Cordelia se apareció en cuanto pudo, preguntando si se había comido los chocolates.

—Espero que te hayas puesto en el lugar de Mariana y no en el de Carmen Ramos —agregó.

—Creo que ya entendí —respondió Leonor con la debida ambigüedad.

—Pues a partir de estos hechos aclarados podemos avanzar —dijo Cordelia. —¿Qué más quieres saber?

—Lo que me da curiosidad desde el principio es de qué murió mi tía —dijo Leonor. —Y por qué nadie habla de eso.

—¿Estás preguntando si se suicidó? —atajó Cordelia para evitar rodeos.

—Sí —dijo Leonor.

—No se suicidó —dijo Cordelia. —Así como

tu papá no venía borracho cuando lo embistieron en la carretera. Si lo que quieres es drama, no hay drama.

—Pero se murió —dijo Leonor.

—Sí, se murió.

—Y mis papás se murieron también en la carretera. ¿Quieres más drama?

—No. La que quiere más drama eres tú. Quieres suicidios y a tu papá culpable del choque. Y que todo eso sea parte de lo que le pasa por destino a esta familia.

—Lo que quiero es saber qué pasó —dijo Leonor.

—Lo que pasó, pasó —dijo Cordelia. —Mariana se murió de una cosa difícil de precisar, porque no le dio cáncer, ni un paro cardiaco. Le dio una embolia y murió de un derrame cerebral, como dijeron los médicos, pero eso fue a su vez consecuencia de un estado de debilidad y tensión crónicas que la habían mantenido los últimos meses sin comer, sin dormir, retacada de pastillas tranquilizantes y luego de pastillas estimulantes. Un médico dijo que presentaba síntomas de anorexia nerviosa. Es decir, que no quería comer porque se sentía gorda. Aunque su rostro fuera el de una calaca en el espejo, ella se sentía gorda. Eso dijo uno de los médicos.

—¿Y sí? —preguntó Leonor.

— Es posible —dijo Cordelia. —Pero yo no lo creo. La anorexia nerviosa es una enfermedad de gordos y de gente más joven o más desequilibrada que Mariana. No era una enfermedad para ella.

—Mi pregunta es si parecía una calavera cuando la recogieron aquella noche —aclaró Leonor.

—Ah —corrigió Cordelia. —No. No parecía una calavera. Era una mujer exhausta y estaba como ida, pero no era una calavera, ni una calaca. Estaba todavía muy bien y, si me fuerzas, hasta más linda que nunca. Pálida y esbelta, con sus chichis en su lugar y las piernas llenas. La cara afilada, sí, pero nada más, con unas ojeras de mal dormir que no le sentaban mal. Lo que te quiero decir es que cuando la pusieron en la camilla para llevársela esa noche y, luego, en los días siguientes en que la durmieron y la alimentaron con suero y líquidos intravenosos, estaba más linda y apacible que nunca, serena, hasta con una línea de felicidad en los labios. Ahora, cuando llegamos al departamento nos miraba sin reconocernos como si estuviera drogada. Nos miraba y asentía a nuestras preguntas. Pero no estaba ahí. Miraba a través de nosotros. Sin angustia, sin tensión, como si estuviera flotando. Y también así era lindísima, pálida, espiritual. Si ésos son los síntomas de la anorexia nerviosa, es una enfermedad para ser retratada. Pero yo las fotos que he visto de anoréxicas, no son así. Son, efectivamente, como calacas. Aunque, bueno, a lo mejor ésta era una anoréxica hermosa, distinta de las otras.

—¿Pero entonces qué tenía? —se desesperó Leonor.

—Según yo, demasiadas pastillas y meses de encierro, que vuelven loco a cualquiera. No había salido de su departamento en los últimos dos meses, según nos dijo Carmen Ramos. Y no quería salir porque no fuera a llegar Lucas y no la encontrara. Ahí es donde te digo que Lucas es la clave de la descomposición de Mariana. Le tenía sorbido el seso. La había chupado como un vampiro. Y eso es lo que yo no le puedo perdonar. Que la pusiera contra la pared de ese modo. ¿Tú conoces ese experimento de laboratorio de una rata a la que le dan todo el tiempo estímulos contradictorios?

—No —dijo Leonor.

—Bueno, pones a una rata a subir una curva y cuando la sube le das un alimento. A la siguiente vez que la sube, le das un toque eléctrico. A la siguiente vez, le das alimento, y a la siguiente le das otro toque eléctrico. ¿Sabes lo que pasa con la rata al final?

—No —dijo Leonor.

—Se queda inmóvil y se muere. La matan la contradicción y la inseguridad. Eso es lo que pasó con Mariana y Lucas. La mató con señales contradictorias.

—Pero Mariana no era una rata, tía —se sublevó Leonor.

—No —dijo Cordelia. —Pero estaba enamorada y acorralada por su amor como una rata. Y el gato que jugaba con ella era Lucas Carrasco. ¿Ya me entendiste?

—Sí. Pero quiero saber qué pasó en el hospital. Luego de que la durmieron en el hospital, qué pasó.

—No se recuperó nunca.

—Pero algo más tuvo que pasar.

—No que yo sepa —dijo Cordelia. —La debilidad crónica en que llegó era efectivamente crónica. Apenas le quitaron los tubos y la despertaron, volvió a no comer. Tenía cerrada la garganta. No toleraba tragar nada y quería irse del hospital. Obsesivamente, como si la tuvieran presa. Quería volver a su departamento. La volvieron a dormir otros días, y cuando despertó, volvió a lo mismo. Un día, simplemente, le vino la embolia.

—¿Así nada más? —se inconformó Leonor.

—Así —dijo Cordelia. —Yo estaba en la costa, cantando en un festival. Cuando llegué, ya la habían velado y nos íbamos al cementerio.

—¿Quiénes estuvieron con ella esos días, en el hospital?

—Tus abuelos y el médico que se encargó de todo. Y tus papás, claro, que no se despegaron ni un momento.

—¿Mis papás? —dijo Leonor, sacudida por la posibilidad de que sus padres pudieran haber sido testigos del secreto que la perseguía.

—La muerte de Mariana fue una explosión en la familia —recordó Cordelia—. Las cosas nunca volvieron a ser igual. Podría decirse que la familia reventó entonces y nunca más volvimos a ser los mismos. Como familia, quiero decir. Tu mamá se fue distanciando y luego acabó de pleito, sobre todo con tu abuela, pero en realidad con todos. No pudo remontar la muerte de Mariana. Como si nosotros fuéramos culpables de lo que pasó. Ésa es otra de las cuentas que le tengo pendientes a Lucas. Lo poco o mucho que había de la familia Gonzalbo, terminó por su culpa, porque él es el culpable casi directo de la muerte de Mariana. Es decir, de la confusión y el desamor que la llevaron a la muerte. Y la muerte de Mariana acabó con la vida de la familia. Tu mamá se separó. Tu abuela desarrolló esa cosa loca del destino, del mal fario que persigue a las mujeres de la casa. Y tu abuelo se volvió ese señor impenetrable que es, siendo tan guapo y sabiéndose tantas canciones viejas como se sabe. Yo me separé un poco también. La única que no se afectó fue Natalia, pero Natalia ya estaba afectada desde antes. Bueno, todo eso es lo que hay detrás de mi rabia con Lucas Carrasco y, por derivación, con Carmen Ramos. Ellos fueron los artífices del callejón en el que quedó encerrada Mariana y, luego, por extensión, todos nosotros.

Tomó nota de las palabras de Cordelia ese día, pero se descubrió en los siguientes manejada por la obsesión que empezó a funcionar en su cabeza como criterio único e irrecusable de verdad: la veracidad de la casona y sus orgías que según Lucas eran un símbolo, y según Cordelia el centro de la desgracia de Mariana, la prueba de la perfidia de

Lucas. El día que le quitaron el casquete del hombro y volvió a sentir la ligereza irreal de sus huesos restaurados, marcó el teléfono de Ángel Romano. Luego de saludarlo prolijamente y contarle sus desgracias le preguntó:

—Las cosas de la casona y las orgías, ¿las sacaste de la novela de Lucas o fueron de verdad?

—Mitad y mitad —dijo Romano.

—¿Mitad verdad y mitad mentira? —preguntó Leonor.

—Bueno, corrían toda clase de rumores sobre eso antes de la novela, pero, como te dije, yo nunca estuve. Lo de la novela para mí confirmó los rumores, nada más.

—¿Pero de lo que se dice en la novela que pasó en la casa, no te consta que haya pasado nada?

—No. Supongo que pasaban esas cosas porque todo el mundo lo decía y Lucas lo confirmó en la novela —dijo Ángel Romano.

—¿Pero tú no lo viste? —preguntó Leonor.

—No —admitió Ángel Romano.

—¿Nunca estuviste ahí? —precisó Leonor.

—No —dijo Romano.

—¿Ni te lo contó alguien que hubiera estado presente?

—No —dijo Romano.

—¿Mariana nunca te habló de eso?

—No.

—Lo sacaste en realidad de la novela.

—Lo confirmó la novela —reiteró Romano.

—¿Y si la novela no existiera? —preguntó Leonor.

—No habría fuente histórica para sustentarlo —respondió con risueño tecnicismo Ángel Romano.

—Pues entonces no tienes fuente —dijo Leonor.

—Tengo la novela —insistió Romano.

—No la tienes —se rió Leonor. —La perdiste en una mudanza.

XIV

Soñó a Lucas de pie en una colina de yerbas mirando un valle abajo, y en el valle un pueblo con una iglesia de cúpulas amarillas y un cementerio blanco, enjalbegado de flores y arandelas de papel. Luego lo soñó junto a ella, diciéndole unas palabras en la mejilla con sus labios delgados y secos, que expulsaban al hablar breves espasmos de aliento limpio y convincente. Al despertar, buscó el cuerpo de Lucas a su lado para abrazarlo y prolongar las verdades conyugales de la noche.

No era la primera vez que Lucas Carrasco se propagaba en sus noches, pero aquella dejó en Leonor algo más que el polvo dorado conque sus sueños solían extenderse sobre los dominios del día. Dejó una nostalgia casi física de Lucas, la huella de haber sido acariciada por esos labios mínimos, y las ganas de tenerlo otra vez, como si ya lo hubiera tenido y su búsqueda tuviese el signo de una reanudación, más que el de un inicio. En los días circulares de la convalecencia, la voluptuosidad de la pereza le impuso el sentimiento de estar privada de Lucas, como una prisionera de su esposo. El agravio de una separación obligatoria se afirmó en ella con un halo de abstinencia romántica y alimentó el ensueño de un encuentro reparador de todas las ausencias.

El día que removieron la última venda de su clavícula y no quedó del hueso roto sino la memoria del antiguo dolor, salió con Rafael Liévano por primera vez desde el choque. Se burló toda la tarde del pelo de presidiario de su amigo, a quien habían rapado para practicarle las curaciones, y evocó frente a ese espejo involuntario la cabellera alternativamente blanca y oscura de Lucas Carrasco, según flotara encrespada sobre su cabeza o estuviera sometida por la jalea disciplinaria a la forma generosa de su frente.

—¿Cómo es que me ibas a abrazar en cuanto pudieras, Gonzalbo? —le dijo Rafael Liévano.

—Así —dijo Leonor, abrazándolo sin titubear. Pero del contacto con el pecho lampiño de Rafael Liévano, no subió hasta ella la siempre esperada y pulida novedad de su piel, sino el deseo de fundirse con Lucas Carrasco, cuyo torso quiso cubierto de un vello terso y bien peinado, como el que se alisaba en los pectorales de su abuelo.

Para borrar de su cara la palidez enferma que según ella le había dejado la convalecencia, tomó el sol varios días en la terraza de Natalia. Puso menos atención en el bronceado de su rostro que en evitar toda huella de blancura bajo las mínimas piezas del bikini, removiendo los tirantes del sostén y el calzoncillo cuando le tocaba darse vuelta y ofrecer al crudo sol del altiplano sus senos en ascenso, sus espaldas cubiertas de un tenue bozo rubio, la abundancia de pera de sus nalgas y el triángulo indiscreto y castaño de su sexo.

—¿Bronceados de piruja andamos buscando? —preguntó Natalia, luego de observarla el cuarto día.

—¿De qué hablas, tía?

—Hablo de las que se retratan encueradas en yates y playas. Bien bronceadas y encueradas, las muy pirujas. Luego se andan quejando de que violan su intimidad. ¿Cómo les han de violar lo que no tienen?

—¿De qué hablas, tía? —repitió Leonor.

—De lo que veo, hablo. ¿A ver, para qué quieres ese bronceado de piruja internacional? ¿Para que te vean mis pájaros? No. Pero los pones nerviosos cuando pasas en cueros. El canario no para de canturrear y los pericos juntan sus picos previniéndose.

—¿Previniéndose de qué, tía? —dijo Leonor.

—Previniéndose de que se ponen amorosos. Tú crees que los pájaros no entienden, pero entienden muy bien. Y la dueña de los pájaros, entiende mejor que nadie. No sé a dónde te encaminas con tus bronceados de piruja, pero todo me lo puedo imaginar.

—Estoy harta de mi blancura, tía. Eso es todo.

—Eso es todo lo que quieres mostrar. Pero te advierto que los pájaros y yo sabemos más que eso, y no nos gusta.

—¿No te gusta que tome el sol en tu terraza?

—No me gusta que a mí no me engañas. Te traes un enredo digno de Mariana.

—¿Cuál enredo, tía?

—No quiero ni pensar en cuál.

—Pues no lo pienses, porque estás pensando de más —dijo Leonor sonriendo y poniéndose boca abajo en la colchoneta. —Mejor échate aquí conmigo. Te va a gustar.

—¿El sol, o lo que sigue? —dijo Natalia.

—El sol, tía. Pero te prometo contarte lo que sigue.

—Eso que sigue es lo que yo quiero saber —dijo Natalia, acercándose a la colchoneta.

—Te prometo contártelo, pero échate aquí conmigo.

—¿Dónde quieres que me ponga?

—Aquí junto.

Natalia se sentó en la colchoneta, alzando los faldones de su caftán para mostrar sus piernas rollizas al sol.

—Ya estoy aquí —dijo. —Ahora toca que me cuentes.

—Qué loca estás, de veras —dijo Leonor. Y empezó a contarle como si rumiara una historia inexistente de la escuela para no tener que decirle que se preparaba nada más para llamarle a Lucas Carrasco, su amante extraviado, el perseguidor de sus sueños y sus amores nocturnos, cumplidos en ella mucho antes de haber empezado.

En efecto, al día siguiente, luego de los ejercicios para fortalecer los músculos del hombro dañado, se escabulló al despacho de su abuelo para evitar toda inspección y marcó los números de la oficina de Lucas Carrasco.

—Tengo dos cartas de Mariana que nunca te envió —le dijo a Lucas, luego de los saludos de rigor. —Si me invitas a comer, a lo mejor te las muestro.

—Te invito aunque no me las muestres —dijo Lucas. —¿Qué día te conviene?

—Cualquiera que sea jueves —dijo Leonor. —Porque puedo volver más tarde. Ese día almuerzo en el club y me quedo hasta las ocho. Pero si hace falta, puedo regresar hasta las diez.

—No hace falta —dijo Lucas. —¿Dónde quieres comer?

—En un lugar al que hayas ido con Mariana.

—De acuerdo —dijo Lucas. —Te espero el jueves de la semana entrante, en mi oficina. Vamos a ir a un lugar cercano.

—A las tres —aceptó Leonor, y subió a contarle a Natalia.

El jueves acordado llevó a la escuela la bolsa de lona del club, pero no llena de prendas deportivas, sino de los arreos adultos que Natalia conservaba, esta vez un traje sastre de seda y una pañoleta con un prendedor al pecho, los aretes que hacían juego, los más altos zapatos de tacón que encontró y el maletín de afeites. De la escuela salió en punto de las dos rumbo al club, a cambiarse los años del rostro con una capa morena de maquillaje resaltada en los pómulos, interrumpida sólo por los trazos de rímel, las cejas redibujadas, las sombras sobre los ojos, el fragante naranja con cenefas bermellones del bilé. Sobre aquella insolente multiplicación de sus años, expandió su mata de pelo en una gran onda castaña, electrizada e invitante. Poco después de las tres irrumpió en la oficina de Lucas Carrasco convertida en la otra que había sido ya una vez para él. Lucas tomó un sobre del escritorio, le hizo una venia cediéndole el paso y salieron, sin reparar en que parecían la pareja que no eran.

Comieron en un sitio de terrazas abiertas donde servían pastas y asaban bifes en una hoguera de leña.

—Aquí vine con tu tía y una amiga suya que se llama Alina.

—Alina Fontaine —completó Leonor. —Es la que me contó que ustedes se besaban en público.

—No recuerdo eso —dijo Lucas.

—¿Qué tiene de malo? No te apenes —dijo Leonor.

—No me apeno. Sólo hay una cosa que me apena de todo lo que sucedió con tu tía, y es nuestro secreto. No lo supo nadie salvo ella y yo. Es decir, sólo yo lo sé ahora y no pienso decirlo, así que no preguntes. Pero de lo de Alina, no me acuerdo. ¿Qué quieres comer?

—Lo que tú pidas —dijo Leonor. —No soy de restoranes. Tienes que enseñarme.

—Aquí lo único que hay es bife, pasta y vino —dijo Lucas. —Y no hace falta más. Vinimos aquí con Alina hace quince años. Para que veas que me acuerdo de lo que sí sucedió. Servían platos de queso y empanadas con vino de la casa, muy baratos. Había un cantador de tangos y un conjunto de música andina, con quenas y tambores incaicos. Estaba lleno de estudiantes y pasaban cóndores por todos lados. Ahora, los dueños han prosperado y tienen un toque internacional. Cada vez que vengo me acuerdo de la edad que tengo, y de la que tuve. Ellos también.

Leonor admiró su voz quebrada, su frente curtida de arrugas y memorias, la forma como las palabras venían a su boca sin titubear y salían por sus labios delgados espaciando los golpes de aliento sobre unos dientecillos parejos y blancos, saturados de besos y secretos. Lucas ordenó la comida y escogió el vino.

—Bueno —dijo, cuando el mesero se fue. —Pues aquí estamos de nuevo, quince años después, y la única verdad irrecusable es el gene Gonzalbo que estuvo en Mariana y está intacto en ti.

—¿Como todos los genes? —preguntó Leonor.

—No, no —dijo Lucas. —El gene Carrasco se acaba en mí. No ha contaminado nada más, y espero que así se quede.

—¿Qué tienes contra el gene Carrasco? —se quejó Leonor. —A mí me parece muy bien. Un poco traqueteado por la vida, pero nada más. ¿Por qué dices que va a acabar contigo?

—Porque me casé, pero no tuve hijos —dijo Carrasco. —Me divorcié antes de los nueve meses de rigor, convencido de que lo único verdaderamente antinatural que hay en el mundo es convivir todos los días con la misma persona. Y tengo sólo una hermana, que por definición no heredará el apellido a sus hijos.

—Pero sí el gene —dijo Leonor.

—Sí, pero somos genes muy distintos mi hermana y yo. Ella es una mujer llena de gracia y valentía, se llevó todo el gene vital. El gene misántropo y neurótico, me lo llevé yo. Ella tomó el gene apolíneo y solar. Es la reina de la armonía y la fascinación por los demás. Si sale a correr al parque, al mes tiene diez amigos que corren. Yo llevo cuarenta años de no hacer amigos. Los últimos que hice fue en sexto de primaria.

—Te gusta hacerte el lobo feroz —dijo Leonor.

—Ojalá —dijo Carrasco. —Soy un misántropo de bolsillo rodeado de manías de boticario y tormentas de *living room*, como decía Cortázar.

—Pues a mí no me consta nada de eso.

—Contigo no soy como soy. Pero soy como soy, no como soy contigo.

—Pues yo tengo otra imagen —dijo Leonor.

—Y tienes también unas cartas —dijo Lucas. —Ésa es una de las dos razones por las que quise verte.

—¿Cuál es la otra?

—La otra es simplemente verte —dijo Lucas. —Constatar la pureza del gene Gonzalbo.

—¿Para acordarte de mi tía? —dijo Leonor.

—Para verla —dijo Lucas, haciendo un esfuerzo porque no se le quebrara la voz. El mesero vino en su ayuda con la botella de vino y el plato de fetuccini al pesto que iban a compartir. Lucas repartió el fetuccini, escanció el vino y siguió hablando, sin mirar a Leonor. —Luego de que tu tía murió, hubo una época en que creía verla en la calle, dos o tres veces al día. Encontraba rasgos de ella en cualquier gente. El pelo, el gesto, un par de botas: cualquier detalle y la veía de nuevo. Verte a ti es como tenerla enfrente, detenida en el tiempo. Y no es un detalle o la forma del pelo o el vestido que traes, que es igual a uno que Mariana tenía. Es todo. Me pone muy nervioso y muy feliz la coincidencia. Es el tipo de cosa que tenía que pasarme desde luego con Mariana.

—¿Por qué desde luego?
—Porque con ella pasaba todo. Es decir, me pasaba todo. Las cosas más increíbles, y ahora tú. El gene Gonzalbo reciclado.
—¿Tu crees que el gene transmite formas de ser? —preguntó Leonor.
—Carácter y temperamento, sí —dijo Lucas. —Inteligencia, taras y rasgos físicos, tensión muscular, cáncer y alcoholismo, estatura, alergias, humor y mal humor.
—¿Y transmite fatalidad?
—No entiendo.
—Por ejemplo, que a uno le va a ir en la vida igual que a otro por el gene —dijo Leonor. —Si yo soy muy parecida a mi tía Mariana, ¿quiere decir que me va a ir como a ella?
—No —dijo Lucas Carrasco.
—¿Pero el gene puede marcar el destino de una familia?
—Sí, pero no en el sentido que tú preguntas de que a la gente le pasa lo mismo —dijo Lucas.
—¿Pero puede pasar?
—Puede pasar todo, pero no porque lo definan los genes. ¿En qué estás pensando en realidad?
—Pienso que en mi familia han pasado cosas que a lo mejor son de los genes —dijo Leonor. —Lo de Mariana, por ejemplo. Y otras cosas.
—¿Como cuáles?
—Como mis antepasadas —dijo Leonor. —Muchas de ellas tienen fama de locas. Y fueron unas locas. Unas murieron jóvenes, como Mariana. Otras fueron unas piradas, unas locas. Y ya en la familia de hoy, haz la cuenta. Para empezar, mi tía Natalia, con sus pájaros en la cabeza. Luego, mi tía Mariana, muerta de nadie sabe qué. Mi tía Cordelia está bien, pero va para treinta y cinco años y no se

encuentra alguien con quien hacerla, con quien vivir. Siendo tan guapa y tan lista, no se aguanta ni ella misma. Mi mamá se mató en un accidente, con mi papá. Hace mes y medio, manejando yo, por poco me mato con un amigo en un coche también, como mi mamá. Mi abuela, pues, es mamá de todas ellas. Imagínate su vida. Está convencida de que hay una mala onda que pesa sobre la familia, y sobre las mujeres en particular. Por eso es que te pregunto si los genes transmiten una cosa fatal, si hay un destino. Porque si lo hay, me va a tocar a mí. Es más: no sé si ya me está tocando y no me he dado cuenta.

No habían terminado el fetuccini, pero el mesero trajo los bifes con una ensalada de endivias y rodajas de tomate. Lucas quiso saber del accidente y Leonor le contó.

—No hay fatalidad —dijo Lucas después de oírla, enternecido por la hondura de sus perplejidades y por la forma como el tranco de su elocuencia iba haciéndola sacar la mandíbula al hablar, como Mariana, y pasarse la mano en el flanco del pelo para disciplinarlo, como Mariana, y mirando entre el rímel con sus dos ojos nobles y serenos como los de Mariana. Y atrapada, como Mariana, en la cavilación del sino de su estirpe, aquella mitomanía genealógica que Lucas había visto siempre con ternura y desdén, hasta que el destino de Mariana le cayó encima sin palo ni cuarta, como escrito por la mano idiota del dios que llamamos destino. —Las historias familiares son parte de la historia. La historia no tiene un propósito claro en relación con nosotros. No lo tiene ni en relación con ella misma. No sabe de hecho que es historia, porque sólo lo es en nuestra cabeza. Y no la rigen leyes, mucho menos designios ocultos. Las cosas pasan, simplemente. Nuestro empeño en evitarlas cambia su rumbo, a veces en contra nuestra, produciendo justo aquello que queríamos evitar. Es lo que sucede en la tragedia clásica, y pasa todos los días. Pero no hay una intención superior que guíe el acontecer de las cosas. Mucho menos un destino que premie o castigue.

—Pero algo tiene que haber —dijo Leonor. —Porque no es justo. La historia de mis antepasadas y de mis tías no es justa. Algo tuvieron que hacer, algo tuvo que pasar para que les pasaran a ellas todas esas cosas. ¿O te parece justo lo que le pasó a mi tía Mariana?

—Ése es otro problema —dijo Lucas. —En general, puedes ver las cosas de dos maneras. Una: como que el mundo está sujeto a una inteligencia superior y a un sistema de premios y castigos, según el comportamiento de cada quien. Esa manera de ver las cosas es la que está implícita cuando preguntas si fue justo el destino de tu tía Mariana. O cuando preguntas por qué a los Gonzalbo y no a otros les pasan estas cosas. Estás preguntando en realidad qué hicieron los Gonzalbo, qué hizo tu tía Mariana para que esa inteligencia superior, o ese juez justo que premia y castiga, les haya enviado esa pena. Pero hay otra forma de ver las cosas y es que no hay justicia, ni premios ni castigos, sino simplemente el acontecer loco del hombre. La idea de que estamos expuestos a todas las cosas porque sí, porque nos tocó estar en el mundo, y nuestra voluntad tiene poco que decir sobre lo que nos sucede en el mundo. Nuestra única grandeza es mirar de frente eso y admitirlo sin alardes. No sé si me estoy explicando bien.

—¿Cuál es el modo adecuado de verlo? —preguntó Leonor. —¿Cuál de las dos maneras es mejor?

—Ninguna es mejor que la otra —dijo Lucas. —¿Cuál te convence más?

—Pero alguna tiene que ser más verdadera —dijo Leonor.

—Ninguna —dijo Lucas. —Depende cuánto se ajuste a tu temperamento.

—¿Cuál se ajusta al tuyo?

—El que te dije antes —precisó Lucas. —Yo creí mucho tiempo, apasionadamente, en la justicia inmanente del mundo. Creí que hay una inteligencia implícita en el orden de las cosas, aunque no fuera sino porque la inteligencia del hombre obra sobre ellas. La muerte de Mariana, entre otras cosas, me hizo volver los ojos hacia la otra vertiente, la vertiente estúpida, irremediable o trágica, y su contraparte estoica. Es decir, la idea de que las cosas simplemente suceden porque sí, y que nosotros estamos en medio de ellas sin recursos para cambiarlas. Según esta última idea, tú no estás pagando una culpa tuya o de otra gente por haber chocado, ni a tu familia le han venido sus penas en castigo de nada que hayan hecho previamente sus miembros o sus antepasados.

—¿Pero entonces, por qué tantas cosas?

—Porque sí —dijo Lucas.

—Pero eso no puede ser, no es justo —reincidió Leonor.

—No hay justicia —dijo Lucas.

—Pero tiene que haberla —dijo Leonor. —Si no, ¿qué sentido tiene todo?

—El que quieras darle —dijo Lucas.

—¿Así, nada más?

—Ésa es mi manera de verlo —dijo Lucas. —Pero tengo cuarenta y seis años y puedo darme esos lujos.

—La verdad no es un lujo —dijo Leonor.

—La verdad es una señora muy escurridiza, que cambia con la edad —dijo Lucas. — A propósito de la edad, ¿cuántos años me dijiste que tenías?

—Diecinueve —dijo Leonor. —¿Por qué?

—Me vi de pronto sentado en esta mesa contigo enfrente y pensé que iba a necesitar un abogado y un geriatra.

—¿Para qué? —preguntó Leonor.

—El abogado, para responder la demanda que me podría poner tu abuelo por corrupción de menores.

—¿Me piensas corromper? —jugó Leonor.

—En absoluto —dijo Lucas.

—¿Entonces para qué necesitas al geriatra?

—Para que me recuerde mi edad —dijo Lucas.

—No parezco mucho menor que tú, aunque tengas esas arrugas.

—No es lo que pareces. Es lo que eres —dijo Lucas.

—Tú no sabes lo que soy, Lucas Carrasco. Eso es lo que estamos apenas averiguando. Para empezar, tengo diecinueve años. No soy una menor de edad.

—No tienes idea lo menor que eres para mí —dijo Lucas Carrasco.

—Será nada más por lo viejo que te sientes —precisó Leonor.

—Exactamente —dijo Lucas con un cabeceo resignado, divertido. —Me siento viejo como si estuviera de regreso en el mundo, viéndote a ti otra vez, idéntica que hace quince años.

—Viejos los cerros, Lucas. Y ya ves que reverdecen —se adscribió Leonor al refrán.

Vio una sonrisa cansada estirar apenas los labios finos y secos de Lucas Carrasco. La magia de sus sueños pasados la envolvió con una excitación redonda y protectora que no conocía.

Compartieron el bife y el vino en silencio, como si hubieran hablado demasiado, pero no de más. Luego, Lucas le contó la historia de un mito mixteco, recogido de la boca de un anciano centenario en un pueblo ancestral de Oaxaca. El mito contaba la historia de unos dioses que en el principio de los tiempos habían fundado el mundo siguiendo las instrucciones de un radio de transistores y habían descansado después dos días enteros, tal como lo ordenaban las leyes laborales de aquella era. Le contó después del libro que estaba escribiendo, sobre el destino de las utopías que habían tratado de implantarse en tierra mexicana.

Al caer la tarde, Leonor extendió sobre la mesa las cartas de Mariana que le había prometido. Lucas las revisó cuidadosamente y las metió después en la bolsa interna del saco. Tomó de la silla el sobre que había traído de la oficina y lo puso sobre la mesa.

—Yo también te traje unas cartas de Mariana —dijo Lucas. —No dicen mayor cosa, pero son las que tengo. Cuídalas, porque no tengo copia.

—Yo tampoco tengo de las que te estoy dando —respondió Leonor.

—Entonces somos nuestros únicos testigos —dijo Lucas Carrasco, con un esguince en los labios que quiso ser una sonrisa y fue para Leonor una promesa.

XV

Devoró las cartas que Lucas le dio en el vestidor de los baños del club, antes de cambiarse para regresar al país del que se había fugado. Eran sólo dos cartas. En una, Mariana refería sus preparativos para recibir a Lucas por la noche con el guiso de un huachinango cuya receta probaba por primera vez. En otra, le contaba su absoluta nostalgia de él hora por hora, desde el amanecer en que Lucas se había ido, presuroso dejándole una nota sobre la esclavitud de los horarios, hasta la tarde en que pudo abrazarlo de nuevo a las puertas del cine donde vieron la adaptación cinematográfica de una novela inconclusa de Scott Fitzgerald.

Se cambió el vestido, se limpió la cara, se arregló la trenza y volvió a leer las cartas, incrédula e incómoda de que eso fuera todo: bitácoras de días cuya única grandeza era haber formado parte de una dicha arrasada. Tomó un taxi, se fue a casa, pasó a decirle buenas noches a Natalia y se dio un baño. Antes de dormir, reinició la lectura de las cartas y la incendió la sospecha de haber sido burlada. Al día siguiente, desde el teléfono de la escuela, le habló a Lucas Carrasco a su oficina.

—¿Por qué me das estas cartas?

—A cambio de las tuyas —dijo Lucas.

—Pero no tienen nada —se quejó Leonor.

—Son todas las que tengo.

—No es cierto, tienes que tener más.

—Tengo otra, pero es un delirio y no se entiende nada.

—Quiero ver esa —dijo Leonor.
—No vale la pena.
—Pero es que no puedes dejarme así.
—Yo también pené tus cartas —dijo Lucas. —Quizá no fue buena idea circularlas.
—Eres un gacho, Lucas. Ya voy entendiendo por qué te dejó Mariana.
—Cuando acabes de entenderlo, me lo cuentas —dijo Lucas.
—Te dejó porque eres un tramposo —le dijo Leonor. —Me estás ocultando las cosas, igual que todos.
—Las cosas están ocultas por naturaleza —jugó Lucas.
—¿Ya lo ves? Eres un mamón, un estirado, un maricón. Eso es lo que eres, un maricón, ¿ya me entendiste?

Oyó la risa fresca de Lucas al otro lado del teléfono y se contagió al oírla de una alegría tierna y transgresora, como si mil años cómplices vagaran entre ellos otorgándoles licencias de marido y mujer.

No hubo más cartas. Lucas devolvió las que Leonor le había prestado y Leonor también, luego de fotocopiarlas para alimentar su santuario. Llamaba su santuario a la enorme caja de puros desechada por su abuelo, donde había ido reuniendo fetiches y secretos. Ahí guardaba la foto de boda de sus padres y una de su mamá con ella, cargándola en brazos, la frente despejada y los ojos ardientes puestos sin una sombra de duda o tristeza en el futuro. Ahí habían ido a dar los recados lúbricos y las letras revueltas que le garabateaba de vez en cuando Rafael Liévano, y la dotación de mariguana con que aplacaba sus noches erizadas. Había sumado también en esa caja los saldos de su pesquisa sobre Mariana, sus diplomas y sus fotos, el libro de ambos que le había dedicado

Ángel Romano, su zapatilla de satén reventada por el dedo pulgar, y la novela de Lucas, rayada y subrayada, con protestas y preguntas apretadas en los márgenes. Finalmente, habían encontrado refugio en el santuario las cartas de Mariana para Lucas, y su propia foto con Lucas que les habían tomado, por insistencia de Leonor, en el restaurant de su última salida. En esa foto, Lucas miraba a la cámara y Leonor a Lucas, y había en sus miradas, sobre los restos de comida y las copas mediadas de vino, la flagrancia de los amores clandestinos.

Un jueves regresó exhausta y tersa del club, luego de dos horas de natación y gimnasia. Devoraba un plátano y armaba a manotazos el emparedado de dos pisos que iba a darse de cena, cuando recibió la noticia de que su abuela quería hablar con ella. Sintió la mala vibración en el aire, pero acabó de amontonar el emparedado y subió acosándolo a dentelladas por los bordes, como si entrenara. La mano vigilante de Natalia, la jaló del pasillo hacia su cuarto para advertirle:

—Encontró tu caja de puros. Tú sabrás lo que escondías ahí, pero ella lleva toda la tarde desmayándose y atosigando al abuelo con su hallazgo.

Leonor no dijo nada, sólo dio media vuelta y fue por el pasillo al costurero donde estaba su abuela, hilando una milimétrica cenefa de encaje sobre la caja de puros decomisada. Leonor tiró el emparedado sobre la canasta en que reposaban los ovillos de hilo, recogió la caja de puros y regresó al corredor, rumbo a su cuarto, con el santuario apretado sobre su pecho como si palpitara.

—No tienes derecho —le gritó a su abuela, antes de entrar a su cuarto y firmar su reivindicación con un portazo.

El portazo hizo retemblar la casa, pero no a su abuela Filísola, quien vino tras ella sin inmutarse, abrió con calculada suavidad la puerta tan violentamente clausurada y le dijo a su nieta:

—Hacer teatro no arregla nada.

—Son mis cosas —gruñó Leonor. —No tienes derecho.

—La que no tiene derecho a ciertas cosas eres tú —dijo la Filisola. —Has profanado todo en esta casa.

—Esto no es una iglesia. No hay nada que profanar.

—Has profanado la memoria de tu tía Mariana —dijo la abuela. —¿Para eso querías saber de ella? ¿Para irte a enredar con el tal Lucas? ¿Para eso has usado la libertad que aquí has tenido? ¿Para volverte una drogadicta y una ligera?

—Lo que yo sea, no lo hurto, lo heredo —la desafió Leonor.

Por un momento, su abuela se quedó sin aire ni palabras en el centro de la habitación.

—Será como tú quieras —dijo, cuando recobró el pulso. —Pero te advierto que no habrá una loca más en esta casa. En esta casa se acabaron las locas, y tú con ellas, si has escogido ese camino.

—Yo sólo quiero que respetes mis cosas —gritó Leonor.

—Cuando tú respetes las nuestras —contestó su abuela, y salió del cuarto dejando tras su espalda una fragancia de perfume y agravio.

Leonor seguía mirando un punto fijo de la pared, con su caja de puros entre los brazos, cuando Ramón Gonzalbo apareció, lento y cansino en la puerta del cuarto. Se miraron un momento como midiendo fuerzas y desamores. Al terminar ese duelo, Ramón Gonzalbo caminó a la cama para tomar asiento junto al altivo perfil de su nieta. Despacio, pero sin rodeos, la increpó:

—Tú sabes que Lucas Carrasco es inaceptable para esta casa. Sabes que evoca para nosotros lo peor. Te pregunto: ¿por qué él? ¿Por qué precisamente él?

—Porque ustedes no hablan claro —dijo Leonor. —La culpa la tienen ustedes, por no hablar claro.

—Es fácil echarle la culpa a los demás —descartó roncamente el abuelo Gonzalbo. —Pero ya no eres una niña. En realidad, eres mucho mayor de lo que pareces.

—Yo sólo quiero saber —dijo Leonor. —Y ustedes no han querido decirme. Por eso fui a preguntar en otra parte.

—Has ido mucho más allá de la simple curiosidad, y tú lo sabes. Nos has engañado. A lo mejor, hasta te has engañado a ti misma diciéndote que sólo buscas saber de Mariana. No es eso lo que buscas. Estás escogiendo una manera de vivir, y tu abuela tiene razón en que no le guste lo que estás eligiendo. A mí tampoco me gusta.

—¿Qué es lo que no les gusta? —preguntó Leonor.

—Nos recuerda lo peor de la familia —dijo Ramón Gonzalbo. —Todo lo que ha traído infelicidad y locura a esta familia.

—No lo hurto, lo heredo —repitió Leonor, buscando en Ramón Gonzalbo un desconcierto similar al que había inducido en su abuela con esa misma frase.

—Lo eliges, aunque lo heredes —dijo Ramón Gonzalbo, luego de una pausa. —Y estás eligiendo lo peor.

—Eso creen ustedes —dijo Leonor.

—Es lo que nosotros creemos —aceptó Ramón Gonzalbo.

Se frotó las sienes con los dedos de su manaza velluda, de huesos planos y venas vigorosas. Miró después a Leonor con sus ojos enrojecidos por el cansancio y el desamparo. No dijo más. Leonor vio sus enormes espaldas vencidas cruzar el vano de la puerta como si la cruzara por última vez, vale decir, como si se alejara de ella por primera vez.

Un aire frío llenó la casa los siguientes días, un aire que helaba los gestos y disolvía las palabras antes de que llegaran a su destinatario. Sólo la habitación de Natalia mantenía su bullicio cálido y loco, pero lejos de atenuar el hielo, lo afirmaba como escenario único y obligatorio de la realidad. Huyendo de aquella campana de silencio y recelo, como refugio cómplice y como venganza perfecta, Leonor decidió reincidir en la búsqueda de Lucas Carrasco. Lo buscó, en efecto, pero Lucas había salido de viaje y no tenía fecha prevista de retorno. Tampoco había dejado señas para que pudieran localizarle. Absurdamente, su ausencia le pareció una traición y la reprochó como si tuviera derecho de propiedad sobre ella, como si lo hubiera adquirido. Escribió una carta y luego otra quejándose de aquel abandono, y lo lloró en la soledad de su cuarto en rabiosas sesiones de despecho, como si Lucas se hubiera marchado a propósito para lastimarla, y recusara así los derechos de pareja que su trato había, sin embargo, construido.

Recordó entonces que Lucas solía inventar esos viajes sin rumbo ni huella cuando quería encerrarse a escribir. Decidió que así era y la enervó que no la hubiera considerado como una excepción en su encierro, a continuación de lo cual decidió interrumpirlo y ejercer así los derechos de amor que la huida de Lucas pretendía negarle. La imaginación y la astucia de que es capaz el despecho vinieron en su ayuda. No sabía la dirección de la casa de Lucas, donde seguramente estaba recluido, pero le había oído decir que era un animal de costumbres y que vivía en el mismo lugar de veinte años antes, la casona legendaria de las orgías de la novela y los agravios de Cordelia. Con rápida y enferma lucidez pasó de ese vacío a recordar que los sobres de las cartas de Mariana, dirigidas a Lucas diez años antes, tenían las señas que buscaba. Las cartas remitían, en efecto, a las calles de la colonia Condesa de la ciudad de México, antiguo recinto del hipódromo y la plaza de toros, que conservaba de aquellas glorias campestres un par de avenidas redondas y la más amplia proporción de árboles y zonas verdes de la ciudad.

Un jueves, en lugar de ir al club como solía, se cambió el atuendo del país de sus pocos años para entrar en el reino de Mariana y fue a sacar a Lucas de su reclusión. La dirección de las cartas correspondía a una casa de amplios torreones, bien plantada en el fondo de un jardín cuya única ostentación era la copa invernal, sarmentosa, de una jacaranda. Cuando estuvo parada bajo esa copa, que se derramaba sobre la barda como regalándose al mundo, supo que había llegado al lugar de la epopeya, que en ninguna parte sino aquí pudieron suceder las cosas que quizá no habían sucedido, los amores perdidos y encontrados de Mariana y Mariana vagando semidesnuda por estas calles en busca de improbables sustitutos a las caricias perdidas de Lucas Carrasco.

Más acá de esos aluviones míticos, no había en el lugar sino una barda y una jacaranda, una casa despintada sin estilo discernible ni grandeza señorial, una calle arbolada sin más gracia que sus propios árboles, ni otro misterio que el de su apacible supervivencia detenida en el tiempo en medio del vértigo urbano que iba corroyendo, demoliendo, refechándolo todo. Jaló varias veces el cordón de una campana que dobló cristalinamente en el fondo de la casa. Pero nadie acudió al llamado. Insistió con otras dos tandas, la segunda de las cuales, llevada por su mano iracunda, casi tocó a rebato. Nadie acudió de nuevo. Por enésima vez se sintió burlada, traicionada, engañada, desatendida, rechazada. Y en un salto frívolo del alma, se supo también sobrevestida y sobrepeinada, con su elegante atuendo del reino de Mariana y su melena de fiesta y su mascarilla de maquillaje para suntuosos interiores, parada en medio de ninguna parte. Al final de la calle vio un restorán que tenía mesas sobre la acera y se refugió en él para telefonear a Rafael Liévano.

—Tengo la tarde libre —le dijo. —Y estoy harta de todo. ¿Puedes pasar por mí?

—Depende.

—¿Depende de qué?

—De si tengo que golpear a tu abuelo.

—No, idiota. Ya estoy en la calle. Sólo tienes que alcanzarme.

—Qué bueno. Pero si quieres, paso y lo golpeo. Y te llevo sus dientes delanteros de trofeo.

—Sus dientes delanteros son falsos —dijo Leonor.

—Entonces los traseros —dijo Rafael Liévano. —También te puedo llevar las trompas de falopio de tu abuela, recién arrancadas por mis manos.

—¿Me estás criticando, Liévano?

—No. Estoy tratando de alcanzarte —dijo Rafael Liévano.

—Pues ven y alcánzame. Y no me critiques.

La alcanzó en el restorán media hora después. Supo en cuanto la vio que de alguna forma la había perdido, que la mujer que lo esperaba fumando en la mesa del rincón frente a un martini venía de otro sitio, un sitio que él no había conocido y en el que ella, sin embargo, ya había estado, como las estrellas están en el cielo, ante nuestros ojos, muchos años después de haberse apagado.

—¿Seguro que me esperas a mí?

—¿A quién más, baboso?
—No sé. Pregunto. ¿De qué estás disfrazada?
—Es sólo el peinado.
—Yo veo también un vestido —dijo Rafael Liévano.
—Eso no importa. Quiero darme un toque.
—Traigo en el coche —aceptó Rafael Liévano.
—Pues tráelo aquí.
—Aquí no —rechazó Rafael Liévano.
—¿Tienes miedo?
—Suficiente.
—Bueno —cedió Leonor. —Pero si voy al coche, ¿me dejas manejar, después?
—Antes de que fumes, lo que quieras.
—¿Y después de que fume?
—Depende cuánto fumes.
—¿Aunque te estrelle otra vez?
—No habrá otra vez .
—¿Cómo sabes? Andas con una mujer salada —jugó Leonor.
—Pero no es ésta —dijo Rafael Liévano, señalándola.
—De acuerdo —dijo Leonor. —Vamos a tu coche.

Bebió de un trago lo que quedaba de su martini y echó a caminar adelante de Rafael Liévano, meciendo al caminar, con el alto balanceo de sus tacones, la melena suntuosa y el cuerpo de piernas largas y cintura leve que Rafael Liévano no conocía, aunque hubiera estado desnudo entre ellas y las hubiera medido con sus manos.

—¿De veras te molesta mi atuendo? —dijo Leonor, cuando subió al coche.
—No —mintió Rafael Liévano.
—Son sólo unos trapos de más —dijo Leonor. —Vas a ver si no.

Se zafó los zapatos y luego, en dos movimientos, se quitó las pantimedias oscuras, desabrochó la mascada del pecho y juntó la melena en una cola que amarró con la propia mascada. Volteó entonces a Rafael Liévano y le dijo, antes de empezar a besarlo:

—Ahora despíntame, para que me reconozcas.

Cuando acabó de despintarla a besos, tenía enfrente otra vez a la muchacha que había venido buscando, salvo que lo miraba con una pasión irónica, como si lo midiera o lo comparara, y en ambas operaciones él saliera perdiendo. Fumaron el primer pitillo de mariguana camino a su lugar de siempre, en la barranca de Las Lomas.

—Eres mi cómplice —le dijo Leonor.

—Me siento más bien tu pendejo —dijo Rafael Liévano.

—Eso no —dijo Leonor, montándose en él para volver a besarlo. —Eso no. Tienes que entenderme, aguantarme, soportarme —gimió encima de Rafael Liévano. —Tenerme así, tocarme así, quererme así.

Estaban solos en su lugar solitario y empezaba a oscurecer, pero igual hubiera sido que estuvieran a la luz del día en medio de una muchedumbre, porque en los siguientes minutos no hubo para ellos sino la pequeña eternidad de tenerse en la estrechez del coche que sus cuerpos, ignorantes de sus límites, ignoraron también.

Leonor volvió a su casa llena, forrada de Rafael Liévano. Y sin embargo, como el timbre inaudible que despierta a los insomnes, poco antes de dormirse vino hasta su corazón el fantasma de Lucas Carrasco, su falsía, su abandono. Quiso odiarlo, pero en vez de rabia tuvo urgencia de él, de su voz y sus labios secos, de sus ojos cercados de arrugas y penas que todo tenían que decirle, todavía, sobre los arcanos de su vida. Bajó al gabinete de Ramón Gonzalbo a sustraer una botella barrigona y regresó a su cuarto henchida de su pena, dispuesta a beberla entera en el centro de su bien ganada soledad. Bebió y lloró frente al retrato y frente a la novela de Lucas Carrasco. Un vuelco de amor la hizo doblarse, bañada de dicha sobre su desdicha, cuando asomó la cara por la ventana del jardín y vio la luna redonda, vibrante de su propia luz y de las penas de todos los amantes, sancionando en lo alto del cielo su amor y su locura.

Era de madrugada y la luna seguía arriba, cuando Leonor bajó en puntillas a la sala donde estaba el retrato de Mariana. Corrió las dobles cortinas que amurallaban el recinto y vio a Mariana virar del castaño al azul, como si una transfusión la avivara y su efigie se inclinara en un tropismo a los rayos de la luna que la volvían a la vida. Botella en mano y con una brasa de yerba entre los dedos, Leonor tomó asiento frente a ese fresco azul, imantado por la luna, y habló con Mariana. Le dijo que había vuelto al lugar del crimen en la casona y que la había sentido desnudarse dentro de ella al saberse nuevamente abandonada, le dijo que conocía la jacaranda y los torreones, y el idéntico sonido de cristal de la campana, y que había leído sus cartas y la había soñado, apenas ayer, acodada en la terraza de Natalia mirando vibrar la luna, charlando con su hermana muerta, la madre de Leonor, que también fumaba y sonreía. Le dijo cuánto amaba a Lucas, lo bien que entendía que ella también lo hubiera amado, y la forma en que habría de recobrarlo para ambas. Quiso saber dónde habían perdido el amor, en qué momento Lucas las había dejado, y cómo se habían extraviado después en el laberinto de su ausencia, mancas, cojas, tuertas, mensas, zonzas, turulatas, incapaces de amarlo y conservarlo, embrujarlo, engañarlo, halagarlo, domarlo, amarrarlo, atraerlo, envolverlo, retenerlo.

Entonces oyó un ruido. Un resplandor azul entre las sombras del cuarto vecino le hizo saber que estaba acompañada. Viejo de toda su edad, con todos sus años puestos como una paletada sobre el rostro, Ramón Gonzalbo se asomó a la luz donde su nieta hablaba con los muertos.

—Es suficiente —dijo, con una voz delgada y sin matices, como si se hubiera derrumbado y se ahogara por dentro.

—Ella me dirá lo que ustedes callan —deliró Leonor.

—No dirá nada —la miró Ramón Gonzalbo. —Y es suficiente por este día.

—Estoy enamorada del mismo hombre que mi tía Mariana —siguió Leonor.

—No —dijo Ramón Gonzalbo con la misma voz de siglos, acercándose a su nieta para quitarle la botella de la mano. —Nada más estás borracha.

—Sé lo que quiero, aunque esté borracha —gritó Leonor.

—No lo sabes —dijo Ramón Gonzalbo.

—Lo sé muy bien. Ya no soy una niña.

—Ya no —admitió Ramón Gonzalbo.

—Pues no me trates entonces como si lo fuera —litigó Leonor.

—Mañana vamos a hablar como la adulta que quieres ser —concedió Ramón Gonzalbo. —Pero por hoy ha sido suficiente Vete a dormir. Y no provoques más a los fantasmas.

XVI

La despertaron a primera hora diciéndole que su abuelo la esperaba en el despacho. Le dolía la cabeza y había en sus entrepiernas el ardor por los roces del cuerpo de Rafael Liévano. —Pero no eres tú —le dijo, todavía dormida, sin saber que le hablaba. —Aunque esté llena de ti, no has de ser tú.

Ramón Gonzalbo leía en el escritorio, bajo la luz de su lámpara. No volteó a ver a Leonor sino hasta que la tuvo sentada frente a él, la cara pálida, recién lavada, con la marca de la noche en todas partes.

—Voy a decirte lo que sé de Mariana —le dijo. —Sin añadir ni callar nada.

—Sí —musitó Leonor.

Dejó de mirarla y empezó a hablar, concentrado en la cúpula que hacían sus manos, y echó todo de un tirón, como si lo recitara, con una voz monótona y resignada, defensiva.

—Mariana —dijo —padeció una enfermedad que se da en las mujeres por desajustes emocionales. Se llama anorexia nerviosa. Consiste en que se sienten gordas, quieren adelgazar y dejan de comer. Adelgazan, desde luego, tanto, que llegan a ponerse cadavéricas, pero ellas siguen viéndose y sintiéndose gordas. Luego les da por comer mucho, pero no pueden retener los alimentos y los devuelven. Eso tuvo Mariana. La recogimos una noche en su departamento. Nos llamó una amiga suya que vivía en el mismo edificio. La encontramos muy mal. Llevaba días sin comer, tomando pastillas y psicotrópicos. Estaba como sonámbula, al punto de que no nos reconoció. La durmieron los médicos y la trajimos a la casa. Aquí la alimentaron por vía intravenosa una semana. Se recuperó un poco y quiso volver a su departamento. Los médicos se opusieron y entonces trató de escaparse. No era difícil, porque nadie la vigilaba, pero estaba tan débil que al cruzar la puerta se desmayó. Su obsesión era que la teníamos presa. No era así. Pasó otro mes en recuperación, y volvió a querer irse. Tampoco estaba lista y los médicos volvieron a no autorizar su salida. En protesta, Mariana quemó el colchón y las cortinas de su cuarto. Decidimos internarla en el hospital para que terminara su recuperación. Mejoró mucho internada, recuperó peso, pero su estado emocional siguió siendo precario. Desvariaba y tenía la obsesión de Lucas Carrasco. La enfermera venía a preguntarle si quería comer, y ella contestaba: "Pregúntenle a Lucas." Nosotros no sabemos qué pasó realmente con Lucas Carrasco, pero ese nombre nos recuerda los peores momentos de la enfermedad de Mariana. Así pasaron tres meses, en un frágil equilibrio. Un día, como parte de su debilidad y de su empeño en no depender de nadie, Mariana se desvaneció en la tina mientras se bañaba. Se bañaba sola, porque rehusaba la ayuda de las enfermeras. Se golpeó la nuca. Estuvo inconsciente media hora, con convulsiones. Las placas mostraron una ligera inflamación del cerebro, aunque ninguna lesión grave. Pero no fue así. A la semana se le presentó un derrame cerebral y luego, horas más tarde, una embolia. Murió en la madrugada. Eso es lo que pasó.

Hubo un silencio como un océano. Incómoda por la simpleza desarmante de los hechos, Leonor alcanzó a preguntar:

—¿Por qué no me contaron esto antes?

—No lo sé —dijo Ramón Gonzalbo. —Las cosas son terribles hasta que se dicen.

—No hay nada terrible que ocultar en lo que me has dicho —dijo Leonor.

—No se trataba de ocultar, sino de olvidar —dijo Ramón Gonzalbo. —No es agradable recordar la muerte de Mariana. Cuando murió, ninguno de nosotros estaba ahí. No es agradable recordar eso. Tu abuela cree que si hubiéramos dejado a Mariana en la casa, en lugar de internarla, no habría muerto. Quizá tiene razón, y no es agradable pensar en eso. Yo creo que somos culpables de la muerte de Mariana, porque no supimos cuidarla antes de que la recogiéramos esa noche. Tampoco es agradable recordar eso. No queríamos ni queremos hablar más del asunto. Te digo lo que pasó, porque has hecho de esto un delirio. Pero no quiero abundar. Supongo, sin embargo, que tendrás dudas y querrás saber detalles.

—Sí —dijo Leonor.

—Claro que sí —aceptó Ramón Gonzalbo, poniéndose de pie. —Te hice una cita con el médico que atendió a Mariana para que te cuente lo que falta. Se llama Ignacio Mireles. Puedes ir esta tarde y preguntarle los detalles que quieras. Que te muestre los expedientes, los partes médicos, lo que quieras. A ver si terminamos con esta locura de una vez por todas.

Vino hasta ella, le entregó la tarjeta con los datos del médico, le hizo una caricia en la mejilla y salió caminando del despacho, encorvado y convincente, hacia las ruinas del día.

Leonor tuvo vergüenza toda la mañana, pero conforme la hora de la cita se acercó, la curiosidad se impuso al rubor y estuvo puntual en el consultorio de Ignacio Mireles.

Mireles soplaba por las narices al hablar, como si destapara un caño, y movía sin cesar la mano izquierda en el bolsillo de su bata blanca. No hablaba, exponía, ritmando con el soplido de su nariz las pausas de los largos párrafos en que se ordenaba su oratoria, y con el movimiento de la mano las oleadas morosas del discurso. Leonor preguntó al principio, pero al final fue sepultada por la montaña de tecnicismos conque Mireles repitió, amplificada, la versión de su abuelo sobre la muerte de Mariana.

—En resumen —dijo, al terminar su exposición —se configuró lo que podemos llamar una desgracia médica. Mariana no murió de la enfermedad que atacábamos, de la enfermedad que tenía, sino de lo que podríamos llamar sus excrecencias, sus síntomas secundarios. Su hartazgo hospitalario no era parte de la enfermedad, sino su secuela, pero ese hartazgo la llevó a rehusar la ayuda paramédica que era, sin embargo, necesaria. Por rechazar la ayuda de las enfermeras tuvo el percance en la tina de baño, percance que provocó una lesión decisiva, la cual fue invisible para los aparatos que debieron detectarla. Esa lesión, muy distinta de su enfermedad original, no nos dio una segunda oportunidad, ya que su primera manifestación clínica fue un derrame cerebral severo y la segunda, una embolia masiva. En suma: una desgracia médica. ¿Qué se puede agregar?

—No sé —dijo Leonor.

—Nada —terminó Mireles su exposición circular. —Nada se puede agregar. Una desgracia médica.

Con esa nada y esa desgracia a cuestas volvió Leonor a casa, sintiéndose sola y tonta al final del callejón, frente al muro sin alas ni secretos de la vida. Recogió una manzana del frutero de la cocina y subió masticándola al cuarto de Natalia.

—Me contaron —le dijo, dejándose caer como un mazo de paja sobre la cama. —Me lo contaron todo. Sé todo lo que quería saber. Y me revienta.

—¿Qué te revienta? —preguntó Natalia.

—Saber —dijo Leonor. —Saber es el peor tedio de la vida.

—Después de los chocolates con relleno —desvarió Natalia. Estaba en su hora frenética de alimentar a sus pájaros. —Fíjate en esto: si les echas luz, los pájaros cantan de noche y las gallinas ponen huevos.

—¿Qué tiene que ver, tía? Concéntrate en lo que estamos hablando —exigió Leonor. —¿Qué tiene que ver que las gallinas pongan huevos? No seas orate.

—Nada tiene que ver —admitió Natalia. — Pero los ponen. ¿Quién te contó lo que dices que te contaron?

—El médico que atendió a mi tía Mariana.

—¿Y qué te dijo?

—Me dijo todo. De qué murió, cómo, por qué, todo. Qué mensa mi tía Mariana. Qué manera tan idiota de morirse.

—¿Fuiste con Necoechea a que te contara? —dijo Natalia, metida en la jaula de sus cotorros australianos.

—Con Ignacio Mireles —dijo Leonor.

—¿Quién es ese Ignacio Mireles?

—El que atendió a mi tía Mariana.

—Negativo —dijo Natalia. —El que atendió a tu tía Mariana no fue ningún Mireles. Fue Necoechea. El mismo que me ataranta a mí para que no me aloque. ¿Quién es ese Mireles?

—¿No conoces a Mireles?

—No.

—¿No atendió Mireles a Mariana?

—A Mariana la atendió Necoechea —repitió Natalia. —El mismo que me pone a raya con mis pastillas, para que no me destrampe. No es un médico. Es un narcotraficante. Lo que le gusta es que esté una drogada con sus pastillas, arañando el cielo de la felicidad un rato y luego lamiendo el piso otro rato. La vida con él es como una montaña rusa, vas pabajo, vas parriba, y otra vez. No te aburres, eso sí.

—¿Entonces quién es Ignacio Mireles? —dijo Leonor. —¿Por qué me mandó mi abuelo con él?

—Pues pregúntale a tu abuelo —dijo Natalia.

—¿Estás segura, tía?

—Como de mis nalgas —dijo Natalia.

Leonor miró las nalgas probatorias de Natalia, sus nalgas enormes y, sin embargo, alzadas y apetitosas bajo el caftán. Se miró luego las manos. Odió sus uñas de niña, sus padrastros de adolescente. Odió su edad, la conspiración estúpida de los adultos. Y se odió a sí misma por ser parte de ellos, por tener algo que ver con ellos.

—Mis nalgas son al revés de las gallinas —siguió en su propia ruta Natalia. —Crecen aunque no les prendan las luces. ¿Te había contado eso? Llevan un año de crecer como si no dependieran de mí. No sé qué voy a hacer.

—Yo tampoco, tía —dijo Leonor, sin dejar de mirarse en el espejo de sus manos. —Yo tampoco sé qué voy a hacer.

La rabia se abrió paso entre la postración y el desánimo. Cuando Ramón Gonzalbo vino por la noche a su cuarto para preguntarle de su entrevista con Mireles, la desolación se había ido y sólo quedaba el fuego.

—Mireles miente bien —dijo Leonor. —Pero ustedes son una vergüenza nacional.

—No hables así. ¿De qué hablas? —preguntó Ramón Gonzalbo.

—No debía hablarte siquiera —dijo Leonor. —Me mandaste con el médico falso. ¿Ella te convenció? ¿Ella te dijo: "Engaña a tu nieta", y tú viniste con su encomienda a embarrarlo todo?

—No es el médico falso —dijo Ramón Gonzalbo. —Mireles atendió Mariana.

—El que atendió a Mariana es Necoechea —dijo Leonor.

—También Mireles atendió a Mariana —dijo Ramón Gonzalbo.

—Pero no fue su médico —gritó Leonor, despeñándose en un borbotón de furia.

Amaneció oscura y desmovilizada, con una desidia como el principio de la muerte. Fumó yerba desde muy temprano y no abrió la puerta, ni acudió a los toquidos que sonaron reclamándola para la normalidad. Desde las nubes de la yerba pensó en su mamá, tierna y autocompasivamente. Se inclinó sobre esa memoria como sobre un regazo y lloró sin recato, con unos sollozos largos y abandonados. Cuando el llanto pasó, vino el vacío. Luego, desde el fondo seco de su alma, crecieron la oscuridad y la rabia, una rabia densa, fría, resistente al dolor y los lamentos. Sintió crecer la bruja en su cabeza, afilarse en sus facciones, retorcerse en sus dientes, deformarse en sus huesos, enroscarse como una culebra dentro de su podrido corazón.

Salió de su cueva un día después, para llamarle a Lucas Carrasco.

—Quiero que me invites a cenar esta noche —le dijo.

Robó dinero de la caja secreta que Ramón Gonzalbo guardaba en su despacho y dedicó la mañana a comprar su primera batería completa de maquillaje, un vestido rojo y unos zapatos con tacones de siete centímetros. Por la tarde volvió a fumar. Tomó un baño de tina, se montó las uñas postizas sobre los dedos torturados, secó su pelo esponjándolo sobre su cabeza, y trabajó largamente sus facciones con rímeles, sombras, polvos estrellados y un bilé del color del vestido que derramó sobre sus labios como si quisiera llamar hacia ellos a todos los hombres de la tribu.

—Sólo te falta el precio en la cadera —le dijo Natalia, cuando entró a su cuarto por la bolsa de metal que le faltaba.

No pidió autorizaciones ni informó a nadie de su partida. Al salir rumbo al taxi que la esperaba, se cruzó con Ramón Gonzalbo que le gritó, viniendo hacia ella:

—Así no puedes salir de esta casa.

Pero ya estaba en el coche y le dijo por la ventanilla:

—De esta casa salí hace tiempo.

Encontró a Lucas en el restorán de su foto clandestina. Lo hizo hablar de sus cosas, pero no lo oyó. Se dedicó a desear sus labios y a beber compulsivamente el vino blanco.

—Pide otra botella —le ordenó a Lucas cuando se acabó la primera. Lucas obedeció y Leonor siguió tomando sin contenerse. Al terminar la comida, el cruce del vino y la yerba había nublado sus ojos y entorpecido su habla. Luego del postre masculló en el oido de Lucas: —Quiero ir a tu casa.

—¿Para qué? —preguntó Lucas.

—Quiero estar en tu casa.

—¿Para qué?

—Para saber todo de ti. Todo lo que supo Mariana.

— Tú no eres Mariana. Esa historia no te toca.

—¿Tú qué sabes si me toca o no?

—Lo sé perfectamente —dijo Lucas.

—¿Vamos a ir a tu casa?

—No.

Leonor se paró con un mohín de despecho y fue rumbo al baño esforzándose inútilmente en caminar derecha. Regresó pintada de nuevo pero tambaleándose aún, y no se dirigió a la mesa de

Lucas sino a la de enfrente, donde dos vagos terminaban de comer fumando puros y elevando sus copas de coñac. Se sentó junto a ellos, luego de preguntarles si estaba ocupado el lugar y si les importunaba su compañía. Estaba a punto de perder el sentido, ebria y confusa como Lucas no la había visto nunca, pero pidió un coñac. Antes de que su copa llegara, Lucas pagó la cuenta, recogió el bolso de metal y pasó a buscarla.

—Nos vamos —le dijo.

—¿A tu casa?

—A mi casa —aceptó Lucas, y la hizo pararse de la mesa.

Cuando pasaron junto al bar del restorán, Leonor dijo:

—Quiero una copa antes.

—Hasta la casa —ordenó Lucas.

—Soy tuya —le dijo Leonor cuando subieron al coche.

—Deja de jugar.

—No es un juego. Rompí con mi familia. No tengo a dónde ir. Tú eres el único lugar a donde quiero ir. Voy a vivir contigo.

—Yo no vivo con nadie —dijo Lucas.

—Soy tuya —insistió Leonor.

Se durmió en el coche, pero al llegar a la casa pidió otra copa y fue al baño a fumar la bachicha de yerba que le quedaba.

—¿Aquí fue todo? —preguntó al volver, señalando la sala de altos libreros y sillones de cuero.

—¿Todo, qué? —dijo Lucas.

—Tú y Mariana. Todo —dijo Leonor.—Te amo.

Y se quedó dormida en un sofá.

Lucas la cargó a la recámara de huéspedes. Sintió su levedad, su juventud, su olor de niña escapando entre las vetas del alcohol y la agresividad del perfume. Dejó prendida una lámpara para velar su sueño y bajó a la sala por un wisqui. Camino a su cuarto, lo asaltó el recuerdo de Mariana. Le sucedía de vez en cuando: el dolor de Mariana venía intacto y explotaba en la boca de su estómago con una mezcla de fiesta y batalla. "Todavía estás ahí", dijo. Era el mismo dolor que se quedó en su estómago varios días después de que Mariana abrió la puerta de su departamento aquella madrugada y le dijo, blanca de miedo y sorpresa: "No estoy sola". Había bajado a la calle doblado sobre sí mismo, ocupado por ese dolor de los esfínteres a las sienes, y por el rostro despintado de Mariana diciéndole "No estoy sola". El dolor se había quedado una semana y había regresado desde entonces, sin aviso ni método, junto con los asaltos de Mariana sobre su soledad y su memoria. Durante años había despertado en la madrugada con el dolor clavado en el diafragma de su estómago. Luego, los asaltos se habían espaciado, habían llegado a pasar meses largos sin que la ráfaga volviera, pero infaliblemente regresaba. Al paso de un objeto o la evocación de una escena, la punzada volvía a tomarlo con una furia que llegó sin embargo a agradecer, porque le recordaba que Mariana estaba intacta todavía en alguna parte de él, y que eso que quedaba prendido a sus vísceras era un antídoto pobre pero cabal contra su muerte.

Agradeció el dolor, suspendió el wisqui y trató de leer una hora antes de dormir. Agitado de sombras y presagios, despertó en la madrugada con el chirrido de la puerta. Entre legañas vio la silueta acercarse a su cama. Antes de que pudiera reaccionar, ya tenía junto, como una fuente fresca, el cuerpo desnudo de Mariana y la voz de Leonor repitiendo: —Soy tuya.

Saltó de la cama, cegado por la escena, pero Leonor vino tras él, tratando de besarlo, y exigiendo: —Te amo. Soy tuya. Hazme tuya.

La sentó en la cama y le echó una cobija sobre los hombros, antes de prender la lámpara.

—No —le dijo, mirándola con fijeza.

—Soy tuya, aunque no lo quieras —dijo Leonor. Lucas admiró la belleza fantasmal de aquel rostro blanco y terso, noble y perfecto en sus líneas, incendiado por la fiebre de los ojos que brillaban como antorchas en la noche.

—No hables —le dijo. —Espérame aquí.

Lucas fue al baño, prendió un cigarrillo y fumó hasta sentir que el humo había entrado hondamente en él. Cuando volvió a su cuarto, Leonor estaba desnuda otra vez, blanca, larga y adulta en la abundancia de su pubis y la redondez rosada de sus senos. Volvió a cegarlo la belleza de ese cuerpo nítido, flotando como un cendal de niebla en la noche, pero volvió a taparlo con la cobija.

—No puede ser —le dijo.

—Está siendo —repuso Leonor.

—No, no está siendo —rehusó Lucas. —Ni puede ser. Quiero que entiendas esto. Tú eres lo más parecido a Mariana que puede tolerarse, pero no eres ella.

—Soy igual a ella —se ofreció Leonor. —Y también soy tuya.

—No eres igual a ella —dijo Lucas. —Aunque mires y camines igual. Y no eres mía. No tienes edad para ser de nadie.

—Tengo edad para elegir mi vida. Y te he elegido a ti —dijo Leonor. —Igual que Mariana.

— Yo no estoy disponible —dijo Lucas. —Ni para ti ni para nadie. Y deja de hablar de Mariana como si fueras ella.

—Yo soy ella —dijo Leonor.

—No —le dijo Lucas, exasperado. —Tú eres una muchacha caprichosa que confía demasiado en sus nalgas. No tienes nada que ver con Mariana.

—Quiero que me ames como a Mariana —porfió Leonor.—Aquí estoy como ella, lista para ti. Pero yo no te voy a dejar, ni me voy a morir, ni voy a dejar que me maten.

—¿De qué estás hablando? —le gritó Lucas, zarandeándola por los hombros, como si quisiera despertarla. —Deja de decir estupideces y escúchame, óyeme bien. Voy a decírtelo con toda claridad para que lo entiendas y terminemos con esto. Yo soy el viudo de tu tía Mariana, y no quiero sustitutos. La única Mariana que me importa es la que queda en mí. Tú no eres parte de eso, no tienes que ver con eso, aunque te parezcas a tu tía.

—¿No me quieres a mí? —murmuró Leonor.

—No —dijo Lucas, con la voz quebrada. —Quizá no he querido ni siquiera a Mariana. Quizá sólo he querido mi encierro, mi desconsuelo por su muerte. Pero eso es lo que quiero y tú no tienes nada que ofrecer en eso. Mucho menos el chantaje de tu cuerpo.

—Te lo doy porque te amo —musitó Leonor.

—No —dijo Lucas. —Me lo das porque estás borracha, y no sabes bien a bien ni dónde poner las nalgas.

—Me desechas porque eres un desecho —le dijo, agraviada, Leonor. —Por lo mismo que no pudiste con Mariana.

—Ya te dije que no me hables de Mariana —rechazó Lucas. —Vete a tu cuarto, cuenta borreguitos, sueña con tu novio, y no vuelvas a hablarme de Mariana.

—Eres un desecho —lo injurió Leonor.

—No —le sonrió Lucas. —Soy una colección de desechos.

Leonor caminó hacia la puerta dejando que la cobija resbalara sobre su cuerpo desnudo.

—Entonces yo soy tu desecho, también —le dijo.

—Sí —contestó Lucas, recogiendo la cobija y volviendo a ponérsela sobre los hombros. —Pero vestidita, como debe ser.

Le repugnó el aire paternal de sus palabras, pero lo asumió como el mejor escudo. Lo protegió, en efecto, de la reflexión, la compasión o la culpa frente a Leonor, hasta el amanecer siguiente en que fue al cuarto de huéspedes para introducirla al nuevo día. Con un vuelco en el estómago descubrió que Leonor no estaba en la recámara. En algún momento de la noche se había ido sin hacer ruido y no quedaban de ella ni los rastros de la cama deshecha. Tuvo un día atroz, cruzado de temores y anticipaciones. Por la tarde, llamó a Carmen Ramos para pedir el teléfono de Cordelia y preguntarle sobre Leonor. Carmen Ramos le dio también los teléfonos de la casa de los abuelos, pero no se atrevió a marcar. Por la noche, en su casa, mientras rumiaba su miedo, entró la llamada de Leonor.

—Ven por mí —dijo por el auricular. Alcanzó a darle el nombre de un hotel de alto turismo de la ciudad de México, antes de romper en llanto.

La tenían detenida en la oficina de seguridad del hotel. Cuando Lucas llegó, temblaba frente a una taza de café, como muerta de frío.

—Tenemos prohibido que las chicas circulen sin autorización por los cuartos del hotel —le dijo el responsable de seguridad, señalando a Leonor como si fuera la pertenencia y la falta de Lucas. —Tienen que estar registradas y autorizadas por nosotros. Es parte de la seguridad de los huéspedes.

—¿Cuánto es? —preguntó Lucas.

—No se trata de eso. Le estoy explicando —advirtió el agente.

Lucas extendió dos billetes.

—Podríamos consignarla por vagancia —regateó el agente.

Lucas añadió otro billete. Luego fue hacia Leonor, se quitó el saco, lo echó sobre sus hombros y salieron caminando de la oficina.

—No hice nada —le dijo Leonor, empezando a llorar en su hombro. Al cruzar la puerta del hotel confesó: —No es verdad. Hice todo. Soy una puta.

—Eso no —la atajó Lucas.

—Hice de puta —dijo Leonor.

—No importa lo que hiciste.

—Te lo tengo que contar.

—Ni a mí ni a nadie —cortó Lucas. —No es nada que no se quite con un baño.

—Me odio —dijo Leonor.

—Yo también me odio —dijo Lucas. —Pero eso tampoco es nada que no se quite con un brandy.

Al llegar a la casa, en efecto, le sirvió a Leonor un brandy doble y le hizo beberlo en pocos tragos, como jarabe medicinal. Leonor temblaba aún, no de frío ni de llanto, sino de un cansancio viejo, intemporal, que cruzaba por sus años como una ventisca.

—¿Cuánto llevas de no dormir? —preguntó Lucas.

—Desde que me corriste de tu casa.

—No te corrí de mi casa.

—Me corriste de tu vida.

—Te corrí del lugar de Mariana —dijo Lucas. —¿Quieres cenar?

—No —dijo Leonor.

—¿Quieres darte un baño?

Leonor asintió. El agua caliente salía por la regadera de Lucas como un rocío disparado a presión y sus briznas perfectas multiplicaban la densidad caliente del humo. Cuando terminó esa inmersión, el malestar de su cuerpo se había ido, como dijo Lucas, y estaba a punto de desplomarse, vencida por su día redondo de excesos. Lucas la esperaba con un platón de quesadillas y una sopa de verdura hirviendo. Comió vorazmente, con un apetito que no recordaba, y oyó a Lucas decirle, en el cabo final de su cansancio: —No puedes quedarte aquí. Voy a llamar a tu casa.

—A mi casa no —pidió Leonor, dormitando.
—No tengo casa.

—No puedes quedarte aquí —oyó entre brumas la última voz de Lucas.

Lo siguiente que Leonor vio fue el rostro de Ramón Gonzalbo, de pie en su cabecera con el médico Necoechea al lado, tomándole el pulso bajo la mirada de su abuela Filisola. Descubrió con horror que iba en una camilla, saliendo de la casa de Lucas.

—Yo los llamé —quiso tranquilizarla Lucas.
—Te van a llevar a tu casa.

Leonor dio un grito y trató de aferrarse a Lucas, pero sus brazos iban atados a la camilla, el izquierdo conectado a una botella de suero.

—Así se llevaron a Mariana —le gritó a Lucas.
—Tú no eres Mariana —le dijo Lucas.
—Y no volviste a verla —le gritó de nuevo, buscando su complicidad en medio del espanto, mientras los calmantes que le habían inyectado empezaban a separarla del miedo y de la memoria, de la conciencia y del dolor.

XVII

Volvió del más allá a la sonrisa angelical de Natalia que la miraba con radiante concentración materna. No había dolor ni estrago, sólo su cuerpo liviano sobre la cama, hambriento, sin las amarras de la camilla ni la botella de suero que había soñado como una espátula fría metida con encono en su brazo.

—Bella como la bella durmiente —le dijo Natalia. —Y lo sé muy bien, porque llevo muchas horas observándote.

—¿Horas? —sonrió Leonor.

—Muchas horas —dijo Natalia. —Nos hemos turnado para velarte los abuelos y yo. Cordelia también durmió ayer aquí.

La memoria de la víspera mordió entonces a Leonor, pero no trajo dolor y rabia, sino tristeza, y una indiferencia bienhechora, serena, capaz de todo el espanto.

—Los abuelos me trajeron amarrada —dijo Leonor.

—Amarrada y drogada —confirmó Natalia. —Igualito trajeron a Mariana. Pero tú nada más te echaste treinta horas de sueño.

—¿Cuántas se echó Mariana?

—Ocho días. Y apenas despertaba ya se quería ir, pero no la dejaban.

—Me muero de hambre, tía.

—Eso está bueno. Ahora mismo le digo a la abuela.

—No quiero ver a la abuela —descontó Leonor. —Tampoco al abuelo. No quiero verlos más.

—Pues yo voy a la cocina y te traigo tu comida —le dijo Natalia. —Pero a los abuelos te los vas a tener que fletar. Andan como locos desde que te fuiste, penando lo que no habían penado.

—No quiero verlos —repitió Leonor.

Natalia le trajo la comida y la arrulló con su cháchara hasta que se durmió de nuevo.

Soñó un río crecido que arrasaba un puente y las chozas ribereñas de un poblado. Ella miraba desde una ladera, bajo la llovizna, rodeada de animales que observaban también, atentos y filosóficos, suspendidos de sus miedos ancestrales. Abrió los ojos, serena todavía frente a ese río furioso y sus aguas de muerte en el valle arrasado. Había amanecido y entraba por las ventanas abiertas una luz ligera y sonriente.

—Bienvenida otra vez —oyó la voz de su abuela a sus espaldas. Al voltear la vio, sentada como una diosa antigua bajo la luz en el sofá, con sus costuras en el regazo y los ojos vibrantes de emoción y de dicha.

—No quiero verte —le dijo. —Ni al abuelo tampoco.

—Ya lo sé —dijo su abuela Filisola, pero siguió sin inmutarse: —Lucas llamó ayer dos veces preguntando por ti.

—Lucas me entregó —dijo Leonor, descontando también su presencia.

—Lucas Carrasco te salvó —sentenció la abuela. Completó después su parte informativo: —También llamó Rafael Liévano.

—Pobre Rafael Liévano —dijo Leonor, y se volteó sobre la almohada mordida al fin por la pena y el vacío del mundo que había perdido, que el río se había llevado, que la luna había vuelto un aluvión de escombros y aullidos en su pecho.

Al cuarto día se levantó de entre los calmantes, porque no le hicieron tomar más. Luego de semana y media de ausencia regresó a la escuela. Rafael Liévano la trajo a casa en el coche al mediodía y Leonor le dijo al llegar:

—Me puse loca.

—Ya estabas.

—No, me puse loca de verdad.

—¿Eso qué quiere decir?

—Que terminemos un tiempo —pidió Leonor.

—No es necesario —dijo Rafael Liévano.

—Sí es —definió Leonor.

—Podemos ser amigos —propuso Rafael Liévano.

—No podemos —concluyó Leonor.

Esa noche, su abuela entró por segunda vez en su cuarto y le pidió que la dejara peinarla.

—No —respondió Leonor.

—No puedo decirte de frente lo que tengo que decirte —explicó su abuela con una sonrisa. —Si quieres que te lo diga, tengo que peinarte. Al menos para empezar.

—¿Qué quieres decirme? —preguntó Leonor.

—Mientras te peino —la venció su abuela.

Se puso de espaldas a su abuela frente al espejo del tocador. La vio acercarse con veneración y tristeza a su mata de pelo, meter en ella los dedos y mirarla como si mirara un bien pasado, un reino perdido. El bien perdido, pensó, y el reino pasado de Mariana.

—Siempre tuve la manía de peinar a mis hijas —dijo la Filisola, corriendo el cepillo sobre el pelo y la espalda de Leonor. —He pasado por los pelos de mis hijas más veces que por sus vidas. Por el tuyo también.

—He padecido tu trenza toda mi vida —le dijo Leonor.

—Y yo los peinados exóticos de mis hijas. Siempre les gustó llamar la atención.

—Igual que tú en tus fotos de antes de casada —dijo Leonor. —Te peinabas como artista de cine, no digas.

—Era otra cosa —sonrió la Filisola.

—Era exactamente lo mismo —refutó Leonor. —Locas estaban todas, como tú dices, pero empezando por la dueña de la mata.

—Eso decía Mariana —recordó la Filisola. Cepilló después un rato a Leonor, sin hablar, como si la meciera en sus brazos. —Antes de que muriera, peiné a Mariana casi una hora. Le gustaba, me dijo que era como si la arrullara, como si volviera a ser mi niña.

Vino una pausa. Leonor sintió a la Filisola trabarse, dudar, sobreponerse. Su respiración cambió, se hizo más rápida, su voz menos ligera. Y con el reinicio del cepillo sobre su pelo, oyó su voz empeñosa, decidida, resignada:

—Todo lo que te dijo tu abuelo sobre Mariana es verdad.

—Salvo lo fundamental —devolvió Leonor.

—Salvo que Mariana no murió de una embolia —siguió la Filisola, saltando la interrupción. —Murió de una hemorragia.

—Una embolia es una hemorragia —dijo Leonor. —Eso es lo que me dijo Mireles.

—La hemorragia de Mariana —dijo la Filisola —fue por un mal embarazo.

—¿Mariana estaba embarazada? —volteó hacia su abuela, incrédula y sorprendida, Leonor.

—Tenía casi cuatro meses de embarazo —aspiró la Filisola, quitándose con el dorso de la mano las lágrimas que habían empezado a escurrir sobre sus pómulos encendidos. —No lo supimos sino hasta que entró al hospital. Cuando la recogimos en su departamento, tenía ya mes y medio. Aquí en la casa pasó otro mes, sin que nos diéramos cuenta. Fue al entrar al hospital cuando lo detectaron.

—¿Pero Mariana no sabía?

—Quizá —dijo la Filisola. —A lo mejor por eso le urgía irse, volver a su departamento. Pero si lo supo, hizo todo por ocultarlo. Su obsesión no era ésa, sino que se sentía presa aquí, vigilada. No era sencillo. Su equilibrio mental era frágil. No sabías cuándo estaba bien o cuándo estaba mal. Hablaba muy poco, se le perdía la vista. Quizá supo de su embarazo, pero no estaba en condiciones mentales de hacerse cargo de él. El problema fue que nosotros tampoco.

—¿Por qué?

—Fue una sorpresa que tardamos en asimilar. Necoechea nos dijo en cuanto supo, pero ya iban casi tres meses de embarazo. Según Necoechea, las condiciones físicas de Mariana difícilmente resistirían la carga. Había riesgo de un aborto en una etapa avanzada de la gestación, y eso era más peligroso que la misma enfermedad de Mariana. Había posibilidades de éxito, pero el cuadro era negativo. Tu abuelo le preguntó qué hacer. Necoechea le dijo que eso teníamos que decidirlo nosotros: "Yo no puedo recomendar una salida." Entonces tu mamá le saltó encima a Necoechea, porque tu mamá fue la única de sus hermanas que estuvo presente en esos líos. Fue la única que supo, además de tu abuelo y yo. Le dijo: "¿La alternativa es un legrado ahora, antes de que avance el embarazo?" "Desde el punto de vista clínico", dijo Necoechea, "un legrado ahora sería lo más sencillo". "¿Como médico, eso es lo que usted sugiere?", le preguntó tu mamá. "Como médico yo les digo los riesgos de cada alternativa. Pero no puedo sugerir en esta materia. Es una materia moral". "Es la salud de mi hermana", dijo tu mamá. "¿Qué tiene que ver la moral? Es un problema de salud, no de moral." "Para mí es un problema moral," dijo Necoechea. "Y ustedes tienen que decidirlo" "¿Qué haría usted en nuestro caso?", le preguntó tu abuelo. "No quisiera estar en su caso", dijo Necoechea. Entonces tu abuelo hizo una pregunta absurda, que luego fue terrible. Preguntó: "El bebé que viene, ¿es hombre o mujer?." Y Necoechea le dijo: "Hombre". Tu mamá volvió a saltar: "¿Qué importa si es hombre o mujer? Lo que importa es la salud de mi hermana." Pero yo vi a tu abuelo ponerse pálido, y perder el habla. Tu mamá dijo: "Hágale el legrado, ya." "Como ustedes me indiquen", dijo Necoechea, mirándonos a tu abuelo y a mí. Eso desautorizaba la decisión de tu mamá y la trasladaba a nosotros. Yo entendí que tenía razón, que debíamos decidir nosotros, y le dije que nos diera un tiempo para pensarlo. Tu mamá salió del cuarto hecha una furia, pero yo le insistí a Necoechea que nos diera un tiempo para pensarlo.

—Tenía razón mi mamá —alegó Leonor.
—¿Qué iban a pensarle?

—Nada —suspiró la Filisola. Había dejado de cepillar a Leonor y tenía las manos entre sus piernas, blandiendo el cepillo al hablar como una apagada batuta que ordenaba el rumor de sus recuerdos. Leonor pensó que era hermosa sentada ahí, anciana y serena como un estanque, explorando sin aspavientos sus profundidades. —Yo lo hice sólo para no decidir así, improvisadamente, antes de acabar de entender el cuadro. Al menos, eso creí al principio: que el cuadro estaba claro y que había sólo que darnos tiempo para verlo como era. Pero el cuadro no era claro y en cuanto le dimos tiempo se complicó. Tu abuelo pasó esa noche en vela. Ido, como Mariana, clavado en su dolor. Yo sé cuál era ese dolor, porque en parte era un dolor que me debía a mí.

—¿Por qué a ti?

—Cosas de la vida —volvió a suspirar la Filisola. —Cosas que yo sabía antes, pero sólo entendí esa noche. Mira, tu abuelo siempre quiso que tuviéramos un varón, pero sólo tuvimos mujeres. Lo del varón fue siempre un pendiente de tu abuelo, que yo no le pude dar. No sólo eso sino que, allá cuando andaba cumpliendo él sus segundos cuarentas, nuestro amor se enfrió. Mejor dicho: yo me enfrié. Perdí la brújula y el gusto por todo, incluido tu abuelo, que me había gustado toda la vida como comer con los dedos, si me entiendes.

—¿Como comer con los dedos? —repitió, complacida, Leonor.

—Algo ya sabrás de eso —sonrió la Filisola, acercándola a su pecho. Leonor la sintió respirar combatiendo el ahogo que seguía rondándola. —El caso es que le perdí el gusto a tu abuelo, dejamos de comer con los dedos, y él buscó otra mesa donde comer. Me da rubor y un sentido de abuso contarte esto.

—¿Te puso los cuernos mi abuelo? —saltó Leonor, sobre los pudores de su abuela.

—No —dijo la Filisola. —Tu abuelo no fue de ponerme cuernos, aunque becerras le puedan haber sobrado. Lo que tu abuelo hizo fue conseguirse un amor. Un amor de verdad. Yo lo supe años más tarde, porque oí algo y mandé investigar. Lo investigaron para mí y lo supe por la investigación. Tu abuelo se consiguió el amor que yo no le daba con una muchacha menor que él, que lo adoró. Lo seguía adorando cuando ella misma le contó a mi informante las cosas, cinco años después. Tu abuelo le puso una casa y durante tres años comió en ella varios días de la semana, como en su casa, con su mujer. El resultado, con el tiempo, fue un embarazo. Tu abuelo tenía entonces una crisis de edad, la depresión de estar envejeciendo, y le entró la obsesión de que podía engendrar un tarado o un fenómeno, por la vejez de sus genes. Es una obsesión familiar, ya sabes, la de que algo pasa en la familia que se engendran cosas raras. El caso es que hizo que su mujer se hiciera una de esas punciones que determinan muy temprano en el embarazo si el producto, como ellos dicen, tiene o no problema. No lo tenía. Pero en esa punción se podía saber también el sexo del bebé. Y lo supieron. Resultó que era un varón, el varón que tu abuelo siempre había deseado.

—Todos los hombres son iguales, unos perfectos cabrones —tomó partido Leonor.

—No, todos los hombres son distintos —dijo la Filisola. —En eso radica su secreto. Y el nuestro. Yo no culpo a tu abuelo. No lo culpé entonces, menos lo culpo hoy. En el fondo quizá me hubiera gustado que tuviera su varón, aunque fuese por fuera, porque eso lo hubiera completado y lo hubiera mejorado también para mí. No lo sé. A lo mejor lo hubiera apartado. En esa época, pensándolo bien, no sé si me hubiera importado mucho que se fuera. No sé si en el fondo deseaba que se fuera y si en el fondo no hizo sino lo que yo quería. Pero ésas son cosas de las parejas que sólo se aclaran con los años. No tienen importancia para ti ahora, tampoco para mí, son asunto del pasado. Lo cierto es que tu abuelo celebró la noticia de su varón con una cena a la que invitó a sus amigos, los mismos que venían a mi casa a nuestras cenas. Celebraron como lo que son o quieren ser en el fondo los hombres: machos engendradores, jefes de varias hembras y de su propia manada.

—Ahí está —saltó Leonor. —Ya ves que en el fondo todos son iguales.

—Sólo en las cosas menos interesantes —concedió la Filisola. —Pero es cierto que en todo aquel asunto, lo menos interesante tuvo su importancia.

—¿Qué pasó? —preguntó Leonor.

—La suerte se emperró con él —dijo la Filisola. —Tu tía Natalia tuvo una hospitalización por descompensaciones tiroidales y estuvo a punto de morir. Fue terrible. Aquella enfermedad le descompuso a tu abuelo su manada real, su manada de mujeres. De pronto se las encontró a todas desamparadas, llorando por Natalia, velándola en el hospital. Tu tía Mariana tenía doce años, tu tía Cordelia trece. Tu mamá, que tenía catorce, aullaba todo el día diciendo que iba a matarse si su hermana Natalia moría. El sufrimiento de sus mujeres fue lo que regresó a tu abuelo a la casa, lleno de remordimientos y culpa. Lo regresó a sus hijas, y lo regresó a mí, si me entiendes.

—¿Te volvió a gustar?

—Volví a necesitarlo cerca, y de su cercanía resurgió lo demás —dijo la Filisola. —Mientras Natalia estaba en el hospital, nuestros amores reverdecieron, por decirlo así. Desde entonces pienso que la pena y el remordimiento pueden ser afrodisiacos, si me entiendes lo que digo.

—Porque le gustabas —alegó Leonor.

—Le había gustado antes, y él a mí. Pero el gusto es también cuestión de tener ganas, de ponerte en el camino del gusto del otro. Es cosa de ofrecerte con gusto y aceptar con gusto cuando se te ofrecen. No sé qué cosas te estoy contando a ti, ni por qué ando diciendo estas cosas.

—Porque me debes muchos años de peinarme de trenza —se quejó Leonor.

—Puede ser —dijo su abuela Filisola. —O será sólo que ando de ofrecida con mis penas.

—Puede ser —la remedó Leonor, y agregó burlonamente. —¿Qué hizo mi abuelo con su remordimiento?

—No lo odies, no sabes quién es —pidió la

Filisola. —El remordimiento lo llevó a terminar el amor que tenía fuera de casa. Fue y le dijo a su otra mujer que no podía seguir en dos carriles y que su vida estaba previamente decidida en uno. Herida y despechada, la mujer decidió no tener el niño. Pero no se lo dijo a tu abuelo sino hasta que era un hecho consumado. Lo hizo como una revancha, para vengarse y para que no quedara en ella ninguna huella de él. Yo sé que tu abuelo, porque sé quién es, no ha podido perdonarse aquella amputación que él juzgó siempre su culpa. El recuerdo de esa amputación fue la que lo hundió cuando Necoechea le dijo que el bebé de Mariana era un varón: la culpa del varón que había matado, según él, para permanecer fiel a nosotras.

—Ay, abuela, eso es horrible —dijo Leonor echándose en sus brazos.

—Esa noche que lo vi velar —siguió su abuela, abrazándola. —pensé que había que darle al menos un poco de tiempo, para que pudiera separar el trance de Mariana de su hijo perdido. Eso pensé al principio: que aplazaba la decisión por él, para darle tiempo a él. Pero como a los dos días, luego de una discusión muy fuerte con tu mamá, siempre eran fuertes las discusiones con tu mamá, me descubrí yo misma irritada con la idea de que Mariana perdiera su primer niño y que se repitiera en ella el estúpido destino de todas nosotras, siempre enredadas en malogros de nuestras pelvis, muriendo en partos o pariendo locas. Me sublevó la idea, y me enganché con tu abuelo. Me dije: "Si el que va a nacer es un hombre, quizá eso rompa el hechizo. No una mujer, sino un hombre, y adiós a la historia de las Gonzalbo." Me quedé muy contenta con ese desplante, pero poco a poco descubrí que había en mí una razón menos loca y menos noble. Descubrí que yo también tenía una culpa que no me dejaba vivir. La situación de Mariana me la sacó de adentro. Es una cosa que tiene que ver con Natalia, y te la voy a contar. El parto de Natalia fue mi primer parto. Fue un infierno. Por esta misma historia de la pelvis estrecha que al final es la única maldición de las Gonzalbo: tener el vientre amplio y la pelvis estrecha, alegría para engendrar y problemas para parir. El parto de Natalia duró horas. Ya lo sabes: su retraso mental viene de ahí, de la falta de oxígeno en esa batalla que nos destrozó a las dos. Cuando me la trajeron, yo estaba tan lastimada que no quise verla. La repudié como si su lucha conmigo hubiera sido intencional, como si me hubiera lastimado a propósito. Yo tenía veinticuatro años y era en el fondo una niña casi igual que ella. Y como una niña le reproché. Cuando me enteré de sus lesiones, y de que serían permanentes, me dije que era mi castigo por haberla repudiado. Nunca me quité de ahí, cargué con eso toda mi vida. Todavía hoy, cuando veo a tu tía Natalia entre sus pájaros, siendo la niña grande que es, el calor me sube por el cuerpo y vuelvo a repudiarme por esa escena en que la repudié a ella. Bueno, pues la idea de repudiar también al hijo de Mariana, de volver a alzar mi voluntad contra algo tan indefenso, me paralizó de horror.

Leonor se irguió entre los brazos de su abuela y le pasó una mano por la mejilla. Su abuela le besó la mano y siguió:

—Así estuvimos esos días tu abuelo y yo, varados en nuestras culpas, deshojando la margarita, hasta que vino tu mamá una noche con la espada desenvainada y nos dijo: "Si ustedes no deciden ese legrado, voy a hacer un escándalo en el hospital y otro en esta casa". "Tiene razón", dijo tu abuelo. "Vamos a decidirlo". Lo decidimos esa noche, fingiendo dormir los dos, uno al lado de otro, sin hablarnos.

—¿Por qué no le preguntaron a Mariana? —murmuró Leonor.

—Le preguntamos muchas veces —respondió la Filisola—. Le preguntó tu mamá y le preguntamos nosotros. No una, sino varias veces. Pero no era posible obtener de ella una respuesta coherente. Ni siquiera la seguridad de que sabía de qué le estábamos hablando. Y además, era un asunto más complicado que su voluntad. Era un asunto de su salud, como decía tu mamá y, aún contra su voluntad, habría tenido que interrumpirse su embarazo ante los riesgos de continuarlo. Decidimos interrumpirlo, así lo acordamos. Pero Necoechea no estaba en México y hubo que esperar a que regresara. Tu mamá dijo: "Que la opere quien sea". Pero Necoechea era nuestro médico y esperamos. Entonces, una mañana, antes de que Necoechea regresara, Mariana se resbaló en la tina. La caída le provocó el aborto y una hemorragia que nadie pudo detener.

—Pero es que eso no puede ser —se rebeló Leonor—. No puede caerse otra vez en la tina y morir de que se resbaló.

—No murió de resbalarse en la tina —explicó la Filisola—. Murió de la debilidad en que estaba, que quizá se la hubiera llevado de cualquier modo. Su anorexia era una forma de su depresión, la misma que tuvieron su abuela, mi madre, y mi bisabuela. Ahora sabemos que la depresión es una enfermedad tan mortífera como el cáncer. Mata de anorexia, de tuberculosis o de suicidio. Pero entonces no sabíamos eso y todavía hoy no nos consuela. Apenas ahora que te lo estoy diciendo completo, me parece lógico. Nadie lo entendió en su momento, todos nos volteamos a buscar un culpable en otro lado o en nosotros mismos. Después del entierro, tu mamá vino y nos dijo "Ustedes la mataron, por dudar". Y no volvió a pisar nuestra casa. Un día me preguntaste por qué tu mamá dejó de venir a la casa, por qué hasta nos borró de su conversación. La razón es que creyó siempre que la muerte de Mariana había sido nuestra culpa, por dudar. Nunca supo hasta qué punto su acusación coincidía con la nuestra. Y nunca pude explicarle tampoco lo que te estoy explicando a ti. Es una explicación que no le he dado completa a nadie, ni siquiera a tu abuelo. Pienso que te la estoy dando a ti, porque se la debía a tu madre, que fue siempre la más fuerte y la más libre de mis hijas. Pero la vida no nos dio tiempo y se la llevó antes de que tu abuelo o yo estuviéramos listos para sentarla enfrente y contarle nuestras razones.

Leonor la apretó contra ella y su abuela le puso la cabeza indefensa en el pecho.

—Eso fue todo —le dijo. —Qué más quieres saber.

—Nada más —dijo Leonor, quitándole el cepillo de las manos heladas.

Empezaron a llorar suavemente, en la comunidad desmayada de su pena, y el llanto las fue limpiando como si diera paso al fluir de aquel río en cuyas aguas nadie puede bañarse por segunda vez.

XVIII

Desde que la entregó, Lucas Carrasco había llamado cada día a la casa de Leonor preguntando por ella. Le habían dado cada vez el soso parte médico de su convalecencia, pero Leonor no le había tomado el teléfono, la mitad de las veces por odio y la otra mitad por desdén. En esa estadística absoluta del rechazo, sin embargo, Leonor había sido capaz de esconder una tercera mitad que celebraba como novia de pueblo esas llamadas y una mitad cuarta en la que Lucas Carrasco seguía imperando sobre ella, resumiendo la confusión de sus fuegos.

Luego de la noche de palabras con su abuela, el retrato de Lucas se aclaró. Aparecieron en primer lugar los labios secos y diminutos que había amado, luego los pelos alternativamente hirsutos y disciplinados que se disputaban la condición de su cabeza. Y aquel ritmo perfecto de sus frases, aquella contundencia de su alma vertida en una discreta resolución de la sintaxis. Había llegado a suponer obligatorio para su felicidad el torso largo de Lucas, el torso que imaginó primero y quiso acariciar después, cuando lo vio con su camisa azul ceñida sin holganza del pecho a la cintura; el torso que había soñado, que le habían heredado las miradas de tantas mujeres, próximas y tan distantes de Mariana.

Había soñado ese torso. El sueño había incluido el rostro grande y sin embargo fino de Lucas Carrasco, aquel rostro atento y en asombro perpetuo, con la frente y los ojos abiertos, y la nariz erguida capaz de asumir el olor ácido del mundo. De su última noche juntos, no podía disculpar el recuerdo hiriente de Lucas confesándole todo lo que amaba a Mariana, la única mujer de la que había sido capaz a fondo, quizás porque la había perdido antes de ejercerla hasta al final.

No quería ver a Lucas y sin embargo se moría por verlo. Tenía algo nuevo que decirle, algo que podía herirlo tanto como él la había herido y que al mismo tiempo no podía ocultarle porque sólo podía compartirlo con él y sólo para decírselo a él había sido descubierto. Sabía que el secreto de la muerte de Mariana tocaría el núcleo duro de las defensas de Lucas, el corazón de su fortaleza, y decidió buscarlo para tentar sus límites, para probar la fibra de su verdadera resistencia.

No tuvo que buscarlo mucho, bastó marcar el número de su oficina. Pero como tenía un sentido del teatro y de su propia historia como una puesta en escena, no pidió que la comunicaran con él, sino que nada más le dijo a su secretaria que estaba reportándose por fin a las llamadas de Lucas para dejarle un mensaje: deseaba ser invitada a cenar un día cualquiera, en un restorán preciso. Por conducto de la misma secretaria, Lucas dispuso fecha, hora y lugar exactos del encuentro. Guiada por la prisa y los nervios, Leonor llegó a la cita muy temprano. Decidió no entrar al restorán sino quedarse observando desde afuera que Lucas llegara, para hacerlo esperar unos minutos. Fue la primera vez que lo vio caminar de cuerpo entero. Como se había rendido antes a otros rasgos de Lucas, Leonor se rindió esa tarde al tranco esbelto de su paso, a la seguridad conque brazos y piernas se extendían sobre la acera como si flotaran, cómoda e impremeditadamente.

—Caminas como un dios —le dijo, antes de cualquier cortesía, cuando lo encontró en la mesa del restorán, luego de la sonrisa que los unió cuando se vieron en el pasillo.

—Y tú estás viva y echas luz al mirar —dijo Lucas, ofreciéndole una silla galante.

No venía disfrazada. Traía el pelo recogido tras sus orejas de gnomo, ligeramente abiertas y risueñas sobre la delicada materia de sus sienes. Lucas pidió la botella usual de vino, pero cuando el mesero quiso servirle, Leonor rehusó.

—A mí tampoco —dijo Lucas.

—No quiero tomar —advirtió Leonor, cuando se fue el mesero —porque tú entregas a las niñas borrachas en su casa.

—Ninguna de las tres cosas —respondió Lucas.

—¿Cuáles tres cosas? —se sonrió Leonor.

—Ni eres una niña, ni estabas borracha, ni te entregué en tu casa.

Leonor aceptó las dos primeras cosas y no quiso abundar en la tercera.

—Hiciste bien —le dijo. —Al final mi abuela me lo contó todo.

—¿Qué te contó tu abuela?

—Lo que vine a contarte —dijo Leonor.

—¿Y qué vas a contarme?

—El secreto final de Mariana.

—Soy todo oídos.

Pero Leonor no contó nada sino hasta el final de la comida, y con una sola frase:

—Hubo otra gente con Mariana.

—¿Qué otra gente? —saltó Lucas.

—La gente que la embarazó —dijo Leonor. —Mariana murió de un aborto.

Vio a Lucas empalidecer y ahuecarse frente a la mesa, como si el pecho se le hundiera en las espaldas.

—Te lo digo porque creo que debes saberlo —siguió Leonor, caminando sobre la línea de sombra que mezclaba por partes iguales sus ganas de herir y de curar a Lucas. —¿Ya lo sabías?

—No —dijo Lucas, echando mano de la botella de vino, que estaba intacta, para servirse un sorbo. —No lo sabía.

—Es el secreto que se tenían guardado mis abuelos —explicó Leonor, gozando su superioridad condescendiente. —No decidieron a tiempo que mi tía abortara, y se les fue en un accidente, por una hemorragia.

—Más despacio —suplicó Lucas. —¿Cuál accidente? ¿Cuál hemorragia?

—La hemorragia y el accidente —repitió, comprensiva y risueña, Leonor. —Te lo voy a contar todo. ¿Dónde quieres que empiece?

—Donde quieras —dijo Lucas. —Pero no aquí. Vamos a mi casa.

—En tu casa hay camilleros y doctores —jugó Leonor.

Lucas no hizo caso. Dejó el pago en efectivo sobre la mesa, tomó la botella y salió caminando del sitio, adelante de Leonor, sin cuidarse de verificar que lo seguía. No hablaron en el camino. Lucas fue sorbiendo la botella y Leonor esperándolo, montada en el privilegio de saber más y haber sufrido ya lo que a Lucas apenas estaba cayéndole encima.

—¿Cuál aborto? —preguntó Lucas, cuando se instalaron en la sala de la casa. —Dijiste de un aborto, ¿cuál aborto?

Entonces Leonor le contó, hilo por hilo, la madeja que había desenredado frente a ella su abuela Filisola. La contó sin ahorrar nada, hasta quedar de nuevo atrapada en su absurda y amarga maraña. Cuando terminó, lloraba de nuevo. Lucas la miraba desde el hueco de su sillón como si se hubiera hundido en él para siempre y no fuera capaz de ponerse de pie por el resto de sus días. Tenía los ojos inyectados. No de llanto sino de conocimiento. Y las venas de su frente se habían hinchado, igual que el río de los sueños de Leonor.

—El enigma que queda es de quién era el bebé —dijo Leonor, cuando recuperó el aliento.

—Así es —masculló Lucas Carrasco, inmóvil y sombrío en el sofá donde estaba enterrado.

No habló más. Sorbió trago a trago la botella de vino, metido en una cavilación autista de la que no hizo el menor esfuerzo de salir, ni siquiera cuando Leonor le dijo que debía irse y vino a despedirse con un beso. Besó la cabeza ardiente y apretó las manos heladas de Lucas Carrasco, a sabiendas de que actuaba una escena terminal y que había hecho todo el daño y el bien que la verdad puede hacer. Lucas alzó entonces el brazo deteniéndola en su huida y le dijo:

—No es un enigma para mí.

Se puso trabajosamente de pie, la tomó de la mano y la jaló a su estudio:

—Quiero que leas algo —explicó.

Leonor fue tras él. Vio sus hombros vencidos, su cabello escaso en la coronilla, el estrago de la edad inyectado a su cuerpo por la revelación y la memoria. Ya en el estudio, Lucas sentó a Leonor en su propia silla de trabajo, frente al escritorio atestado de papeles. Con lentitud y precisión maniática de viejo, fue a un punto y otro del librero para extraer dos libros. Hojeó y abrió en la página buscada el primero, y lo puso en las manos de Leonor.

—Lee ahí —le dijo, señalando un pasaje subrayado en verde por una mano meticulosa.

Era un ejemplar de **Lucrecia contra la luna**, la novela de Lucas y Mariana que Leonor conocía aunque, a estas alturas, prácticamente la hubiera olvidado.

—Lee —insistió Lucas, mientras extraía del

cajón principal del escritorio unos cuadernos de pastas duras.

Leonor leyó el pasaje señalado y lo recordó de inmediato. Decía:

> *Hubo una última vez. Era fresca la noche, pero a la vez tierna y cálida, y estaba la luna propicia en lo alto de enero. Sacaron una colcha al balcón y se tendieron en ella, sobre la cama resplandeciente de sus recuerdos. Bajo la luz de la luna, el cuerpo de Lucrecia era doblemente blanco y liso, y su mirada hipnótica venía de lejos, como en un sueño de títeres sin habla. Le pidió perdón y quiso amarla como la había amado alguna vez, sin reservas ni silencios interiores. Pero había un velo entre ellos. Lucrecia estaba en otra parte, como tomada por la luna, y dentro de él crecía una pandilla de recuerdos negándose, previniéndolo contra el día de mañana.*
>
> *—No fuiste tú ni fui yo —dijo Lucrecia al final, en su oído. —Fue la luna, que no nos dejó solos.*
>
> *Y se durmió junto a él con los ojos de títere abiertos, bajo el fulgor redondo y vigilante del círculo que mandaba sobre ellos desde el cielo.*

—Ahora quiero que leas esto otro —dijo Lucas, abriendo frente a ella uno de los cuadernos de pastas duras que había sacado del escritorio.

Era su diario. Estaba escrito a mano con una letra enmarañada pero accesible. La entrada que le ofreció leer a Leonor decía:

Recaer en Mariana. Como en una enfermedad o en un vicio. Casi un año de asepsia y al abrir, el absceso incurado. Su memoria radiante, intacta. Como el dolor en la boca del estómago que la recuerda. Así amanecí.
A la medianoche, la necesidad del adicto me sacó a la calle en busca de ella. Pasé dos veces frente a su edificio y vi las luces prendidas. Pensé que estaría con otro otra vez. Que debía telefonear para prevenirme. Pero no quería prevenirme. A la tercera vez, bajé. Subí temblando, recordando cada detalle de la escena anterior. Cada detalle: "No estoy sola", y lo demás. Había música igual que aquella vez. Igual que aquella vez, Mariana me abrió en bata. Desnuda bajo la bata. No dijo nada. Me miró como haciendo un esfuerzo por reconocerme. Su rostro era flaco y pálido. El pelo crecía como una melena de león desde su frente amplia. Le cubría los hombros y se derramaba sobre su espalda.
"Te estaba esperando", dijo al final, como si le hablara a alguien que estaba atrás de mí, a otro. Me tomó de la mano para hacerme pasar y cerró con la otra su bata. Me sentó en un sillón de la sala, junto a la pequeña terraza. Me preguntó si quería tomar algo y vino a sentarse a mis pies con unas bolsas de yerbas que mezcló en una tetera.
Luego me dijo:
"¿Cuando te fuiste, al pasar, ¿no viste si estaba en la esquina el policía?". Y se empezó a reír suavemente. "No importa", dijo después. "Lo que importa es que no te

*tardaste ni un mes en regresar. ¿Quieres
tomar algo? Tengo infusiones de todo tipo y
pastillas para dormir. También un poco de
mariguana. Y alcohol, claro. Pero creo
que sería perder el tiempo. ¿Hace cuánto
tiempo que te fuiste?"*
"Diez meses", le dije.
*"He engordado muchísimo desde que te
fuiste", me dijo.*
*"No. Estás perfecta", le dije." "Hasta un poco
flaca."*
*"Porque no me has visto desnuda", me dijo.
Me acerqué a besarla. Sus labios estaban
secos y estriados.*
*"¿Por qué regresaste?", me dijo. Siempre
como hablándole a otro, a uno que estaba
atrás de mí. Siempre como si por ella
hablara otra, una sonámbula que
estaba dentro de ella. "¿Me extrañabas?"*
"Sí", le dije.
"¿Querías verme?"
"Sí."
*"¿Querías ver cómo estaba? ¿Si no me había
muerto? ¿Si no me dejaba engordar?"*
"Sí", le dije.
*"¿O sólo te dieron ganas y viniste a hacerme
el amor."*
"También", admití.
"Pues hazme el amor", me dijo.
*"Ven, mira." Se puso de pie y me jaló a la
terraza. "Allí, mira", dijo, señalando el
cielo con su brazo.
Estaba la luna redonda y brillante,
muy baja, en el cielo. Mariana se quedó
viéndola, como hipnotizada por ella. Su
bata se abrió. Vi la mitad de sus pechos
redondos y el vello en su pubis. Empecé a*

*besarla y a desvestirme. Me tomó la
cabeza entre los brazos y se dejó hacer,
bañada por la luna. Sonreía y se dejaba
hacer.
Cuando terminé, le dije que quería tener
un hijo suyo.
"¿Para qué?", me dijo, siempre sonriendo
y como hablándole a otro.
"Para repetirte", le dije.
"¿Para qué quieres más mujeres gordas
en el mundo?", me dijo.
"Para tener un hijo tuyo", repetí.
"Eso me gustaría", dijo. "¿Por qué no me
haces un hijo?"
La besé, aunque era cada vez más claro
que no estaba ahí. La besé para que
apareciera, para que bajara de su
sonrisa y me tomara como antes. Algo
bajó. Cuando estuve en ella la segunda
vez, la sentí por última vez: húmeda,
gimiente, mía. Me quedé en ella
un largo rato diciéndole cuánto la había
extrañado. Me tomó la cabeza entre sus
manos y me dijo:
"¿Hace cuánto tiempo que te fuiste?"
"Hace diez meses", repetí
"¿Y cuando te fuiste, al pasar, no viste si
estaba en la esquina el policía?"
"No", le dije. "Pero ahora que salga voy a
ver si está."
Hice lo posible por acostarla y finalmente
la dejé acostada, ya que no dormida en su
cama. Voy a buscarla mañana, y estoy en
lo dicho.*

—No la busqué —confesó Lucas, que leía por
sobre el hombro de Leonor, cuando Leonor alzó la

vista. —Ni al día siguiente ni a la semana siguiente. Salí corriendo de tu tía una vez más. Y por eso he sido su viudo desde entonces.

Leonor iba a pararse para encarar a Lucas con su protesta, pero Lucas la detuvo del hombro.

—No he acabado —le dijo, poniendo frente a ella en el escritorio una carta maltrecha que sacó del segundo libro— Te falta leer esto para tener completo el cuadro. Cuando tu tía murió, le llamé a Carmen Ramos, le conté mi visita y le pedí que me dijera por favor si Mariana había recibido otras visitas. Fue mi obsesión en ese momento. Esto es lo que Carmen me contestó

La carta de Carmen Ramos estaba escrita a máquina y partida en los bordes de sus dobleces. Leonor la abrió con cuidado para no acabar de segmentarla y leyó:

Entiendo que quieras saber si hubo alguien para Mariana, aparte de la visita que le hiciste, antes de que muriera. Quiero decirte que antes de que muriera y antes de que vinieras ese día y aún la noche en que la encontraste con otro, no hubo nadie para Mariana salvo Lucas Carrasco. Y no, nadie durmió con ella días antes ni días después de que tú vinieras aquella noche. Tú fuiste el único entonces, como fuiste el único desde el principio. Aun en los momentos en que Mariana se iba con otro en tu cara, era para atraerte a ti, para probarte a ti que ella podía ser la mujer libre que, según ella, tú querías que fuera. Pero sólo fuiste tú desde que te conoció y, según se ve, para ti también sólo fue ella, aunque ninguno de los dos acabara de aceptarlo nunca.

No —repito: No —nadie durmió con ella ni estuvo con ella desde que la descubriste aquella noche hasta que se murió. Y me da rabia que sólo en eso puedas pensar ahora que la perdiste. Y que tu narciso siga sin poder tragar una trivialidad como la que no le pudiste perdonar a Mariana, es decir, que se acostara con otro. Pero no pudiste, ni ella pudo y al final no pudo nadie, ni el amor. O mejor dicho: fue el demasiado amor el que no pudo, como si lo único que pudiera funcionar en este pobremundo es el poco amor.
Y no digo más porque no quiero ponerme filósofa (lo cual, buena falta me haría en vez de andar buscando el demasiado amor). Item más: yo sé quién eres tú Lucas Carrasco, y estás a buen recaudo, protegido y seguro en mi corazón.

Carmen

—¿Qué quiere decir esto? —se volteó Leonor, escandalizada, hacia Lucas Carrasco.

—Quiere decir —avanzó Lucas, tratando de combatir con un falso tono expositivo la flaqueza de su voz —que el primo que perdiste en el hospital donde murió Mariana, era probablemente mi hijo. Es decir —siguió, cercado ya por las primeras lágrimas —era el hijo de Mariana y de la luna, de nuestra noche aquella bajo la luna. En realidad —agregó, sonriendo y dejando que las lágrimas cayeran hasta sus labios —era probablemente hijo mío. Hijo mío y de la luna, más que mío y de Mariana. Porque Mariana no estuvo ahí. Abusé de ella, de su inconciencia. Y de mi demasiado amor, como dice Carmen Ramos. Así se cierran los círculos. El primo cuya inexistencia te ocultaron tanto tiempo, probablemente iba a ser el hijo que nunca pude tener.

—Por qué dices probablemente —replicó Leonor. —Fuiste el único que estuvo con ella.

—Porque me gusta demasiado la idea para ser cierta —dijo Lucas. —Habría sido la única cosa viva que engendré en la vida. Y porque de todos los encuentros amorosos que tuve con Mariana, el de aquella terraza es el único quizá en que no estuvimos realmente juntos. No estuvo ella.

—Nada pudo gustarle más que aquella noche contigo —dijo Leonor.

—¿Tú que sabes lo que le hubiera gustado? —dijo Lucas, volviendo a sumirse en su cavilación catatónica.

—Ahora lo sé todo de Mariana —dijo, sonriendo, Leonor. —Incluso lo que ella no sabía.

Se sentó junto a Lucas y lo tomó de la mano. Estuvieron sentados ahí, sin hablar, hasta bien entrada la madrugada.

—Tengo que irme —dijo Leonor.

—Y yo tengo que llevarte —dijo Lucas. Al dejarla en la puerta de su casa, le preguntó:

—Dices que iba a ser hombre, ¿verdad?

—Iba a ser hombre —confirmó Leonor.

—Eso entendí desde el principio —dijo Lucas. —Te digo una cosa: es como si lo hubiera tenido.

Y se dio vuelta de regreso hacia la noche que lo esperaba, con todos sus enigmas abiertos, desplegados en el cielo.

EPÍLOGO

Cuando sea grande,
volveré a ser lo que he sido
Piera Aulagnier

Casi había amanecido pero Leonor no tenía sueño. Lió un pitillo de yerba y salió a fumarlo al jardín. Luego entró a la casa y fue al salón donde estaba el retrato de Mariana.

—Te quiso como un perro —le dijo. —Y te penó como un viudo. Lo sabes muy bien, lo supiste muy bien. Voy entendiendo de qué te ríes.

Amó y fue amada los siguientes años. Casó bien y solvente, como quieren los cánones. Supo que la vida no es sueño, y que los sueños ayudan a curar la enfermedad de la vida. El día de su boda, Lucas Carrasco acudió al festejo con una mujer llamada María Bernal, de la que Leonor tuvo celos y rabia. Poco después de saber el secreto de la muerte de Mariana, Lucas le había enviado una nota manuscrita con la pregunta del poeta Jaime Sabines:

Si es huérfano el que pierde un padre,
si es viudo el que ha perdido la esposa,
¿cómo se llama el que pierde un hijo?

Una noche, aunque tenía una hija de él, o precisamente por eso, Leonor despertó sin necesidad de su marido. Había visto a su hija salir de entre sus piernas y crecer entre sus brazos. Su abuela Filisola la había reconocido por eso. Un día Ramón Gonzalbo se había echado con toda su edad a cuestas sobre esa niña y le había dicho: —Las mujeres son lo mejor que ha inventado el hombre.

Decidió hablar con Cordelia sobre la disminución de su marido y Cordelia le dijo:

—Si ya no se tienen, para qué tenerse.

Cordelia tenía entonces un amor y no podía pensar sino en el amor que tenía. Natalia estaba internada en el hospital que la había acechado desde que nació. Le dijo a Leonor un día que fue a verla:

—Cuando yo me muera, explícale todo a mis pájaros.

Emprendió su divorcio sin escenas ni aspavientos. No le pesaron la soledad, el desamor ni la sensación de fracaso. Le dijo a Carmen Ramos:

—Me cuesta trabajo recordar que lo quise.

Carmen Ramos tenía un enredo adolescente con un hombre adulto de su misma edad. Había retejido su amistad con Cordelia, y se juntaban a comer los primeros lunes de cada mes. Leonor se les unía con frecuencia, de la mano de su hija, como para garantizar la juventud de la cofradía.

—No te quedes sola —le dijo Cordelia.—Repara en Carmen y en mí: nadie nos puso casa. No haremos huesos viejos con nadie.

La vida le pareció durante algún tiempo a la vez insípida y abierta, promisoria y vacía. Lucas anunció su unión con María Bernal mediante una tarjeta que invitaba a un brindis. Leonor acudió, aunque la enervaba María Bernal y no se sentía a gusto entre la tribu psicoanalítica que había invadido al mundo soltero de Lucas por contagio de la propia María. Alguien incensaba a Lacan, cuando la tomaron del brazo para hacerla voltear. Se dio literalmente de narices con Rafael Liévano, que estaba inclinado sobre ella, sonriendo. Le sacaba una cabeza y tenía unos hombros en los que Leonor calculó que podía caber con holgura dos veces.

—Cuando sea grande, volveré a ser lo que he sido —le dijo a Leonor. —Eso no es Lacan, pero es verdad.

—¿Qué tienes que ver con esta tribu? —preguntó, divertida, Leonor.

—Soy iniciado —dijo Rafael Liévano. —Terminé mis estudios en Francia hace dos meses.

Tenía el cuello grande, venoso y redondo, como el tronco de un laurel. Leonor recordó su olor, la tensión lampiña de su pecho. Quiso tocarlo y lo tocó en el brazo, que era duro también, como su cuello. Y como su recuerdo.

—Yo tengo una larga historia en esta casa —le dijo.

—No puede ser más larga que la nuestra —contestó Rafael Liévano.

—Tiene que ver con la nuestra —dijo Leonor. —Con la que fue nuestra.

—Ya te lo dije: cuando seamos grandes seremos otra vez lo que fuimos —repitió Rafael Liévano.

Había algo nuevo en él, algo natural y actuado, adulto, que la hizo pensar en el Lucas Carrasco que había imaginado antes de conocer.

—Ya somos grandes —aceptó Leonor, con un pálpito de realismo y rebeldía.

—Entonces, ya podemos volver atrás —dijo imperturbable Rafael Liévano.

Al conjuro de esa voz la levantó el remolino de sus recuerdos, la memoria jubilosa de sus cuerpos jóvenes, inmortales, casi niños. Y el olor de la sangre en el coche donde pudieron matarse. Imperativa e inesperada, como una mueca, la sacudió también la visión de la hemorragia que se había llevado a Mariana.

—Tengo una hija y estoy divorciada —advirtió.

—Estás perfecta para mí, entonces —jugueteó Rafael Liévano. —Necesito una mujer con experiencia.

—¿Me estás proponiendo algo? —se ofreció Leonor, con una sonrisa.

—Lo que quieras —dijo Rafael Liévano.

—Sobre advertencia no hay engaño —dijo Leonor.

—No —aceptó sin titubear Rafael Liévano.

Leonor sintió el llamado oscuro de la dicha y el riesgo en el fondo de su corazón.

—¿Cuándo? —preguntó, dispuesta a la marcha.

—Cuando quieras —dijo Rafael Liévano.

—¿El sábado? —propuso Leonor.

—¿Por qué hasta el sábado? —preguntó Rafael Liévano.

—Porque el sábado hay luna llena —dijo Leonor.

—¿Quieres encontrarte conmigo bajo la luna llena? —sonrió Rafael Liévano.

—No —dijo Leonor. —Quiero perderme.

Y eso quería.

FIN

El error de la luna terminó de imprimirse el 25 de enero de 1996, en Gráficas La Prensa, S.A. de C.V. Prolongación de Pino 577, Col. Arenal, C.P. 02980, México, D.F. Se tiraron 2 000 ejemplares más sobrantes para reposición. La edición estuvo al cuidado de Elsa Botello y Marisol Schulz.